嵐の前の静けさ

どくだみちゃんとふしばな4

吉本ばなな

幻冬舎文庫

嵐の前の静けさ

どくだみちゃんとふしばな 4

目次

よしなしごと

出会うこと気づくこと

秘訣いろいろ

本文写真：著者
本文中の著者が写っている写真：井野愛実　田畑浩良

よしなしごと

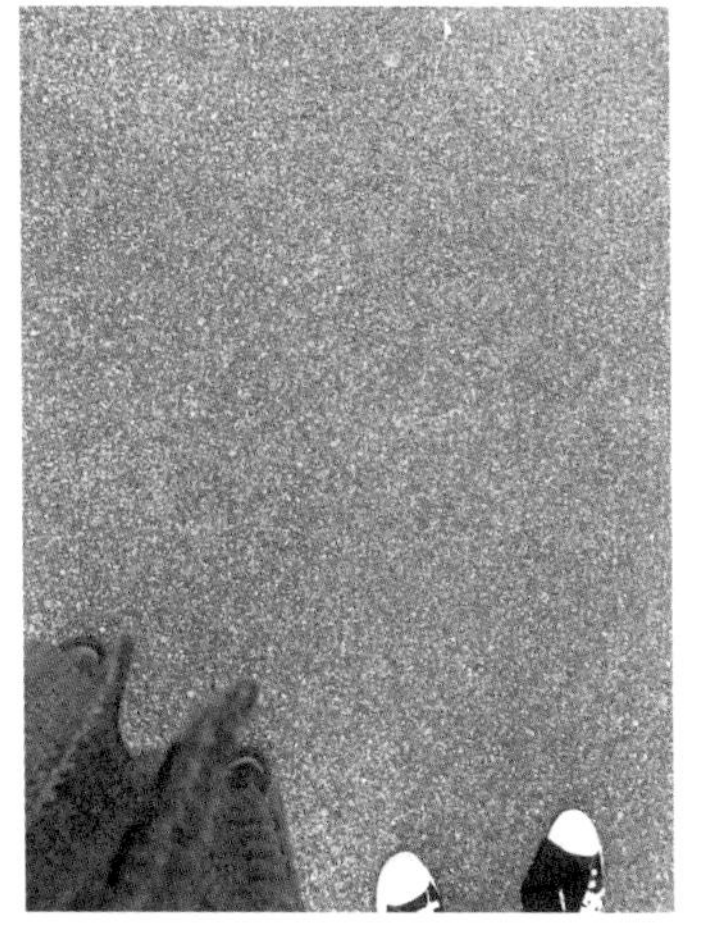

くるくる久留米

◎今日のひとこと

年に一回の健康診断に行ってきました。

血液検査とCTとエコーまでは一般の検診と同じなのですが、久留米のその病院ではO-リングテスト[*1]というものをしてもらえるのです。

その正確さはかなりのもので、検診にひっかかる前のがんもかなりの確率で見つかります。

それから自分の使っている歯磨き粉、リップクリーム、日焼け止めなどが合っているかどうか（これらは人体にかなり強い影響を与

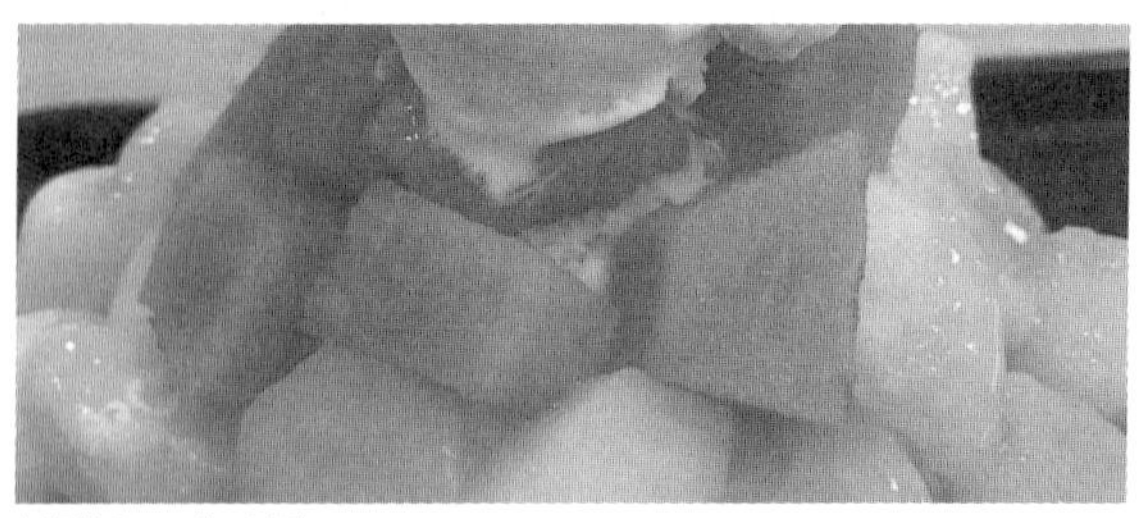

久留米のマンゴーかき氷

えるそうです）を調べることができます。

この分野の第一人者である下津浦先生は、決しておごらず、気さくで、おいしいものが大好きで、「これは良くない」という言い方は決してせず、「こうした方がいいですね～」と穏やかにおっしゃる。

初めのチェックで深刻なところがなかったら（あったら絶食して胃カメラや腸カメラを受ける）、ほっとしておいしいものを先生ご夫妻とご一緒したり、家族でぶらぶらしたり、病院で長い待ち時間に読書をしたり、なるべく仕事をしないでそっと休む三日間。

最後はサプリの量を厳密に合わせて、どうなっているかをまたチェック。「こういうものは食べない方がいいとか、ありますか？」とたずねたら、「むしろ食べられるうちにどんどん食べておきましょう」とおっしゃった先生。

先生は、たくさんの人を見送ってこられたのだと思います。

だからこそそんなことが言えるのです。

私も知っています。いつか健康診断の三日間の旅もできなくなる日が来る。だから今がとても大切で、なんでもかんでも切なく見えて、一日でも長く健康でいたい。

先生と奥様に会いたいから。また久留米に行って食いだおれたいから。

食いだおれるためには検査に引っかかりたくないから、健康の管理をがんばらなくちゃ。

あの三日間の健康のためだけに過ごす休暇のために。

　本末転倒のようだけれど、これがほんとうの健康。そして健康診断というものだと思うのです。

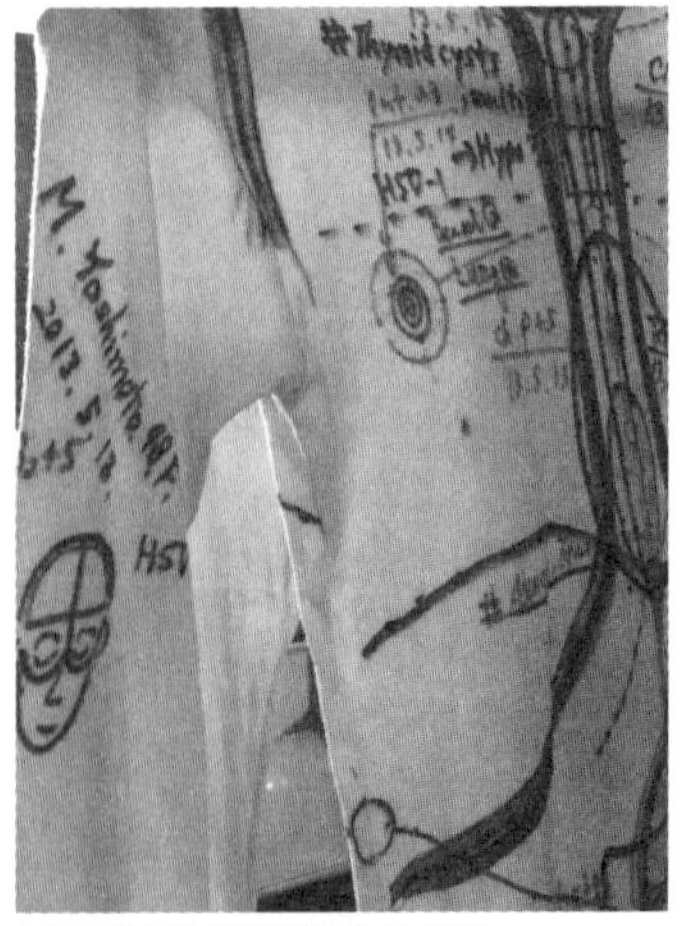

カルテがわりのモジモジくんみたいな服

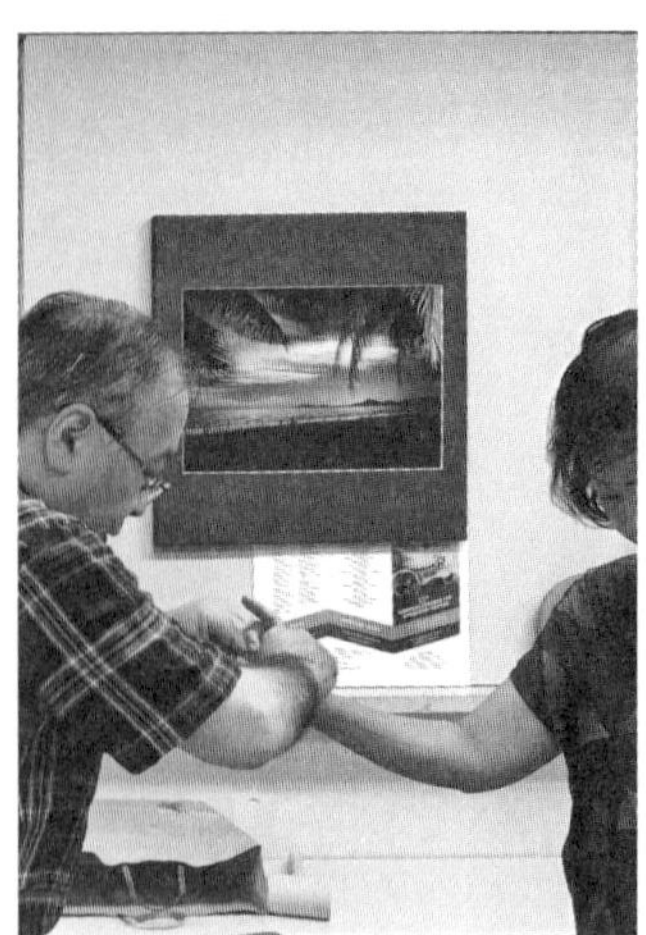

O-リング

◎どくだみちゃん

小学生のとき、「博多っ子純情」[*2]という曲が大好きで、いつも歌っていた。いったいなんなんだ？　その小学生は……。

夜の女たちが春吉橋で愛がほしいと涙を流す内容だよ。

渋すぎる。

私の血の中に濃く流れている九州の血がざわざわしたのだろうか？

夏の夕方にお店に入り、まだ空が青いのを見ながら焼酎をロックで飲む瞬間、突然になにかが爆発しそうになることがある。

もちろん血糖値とかではありません……（焼酎は糖質がないんだから！）。

自分の中に眠っている懐かしくたまらないものが、これだ！　と言いだすようなそんな感じ。

ご先祖様の霊がにこにこしているみたいな。

まさか自分が大人になって、ほんとうにあの歌に出てくる中洲や春吉橋を訪れるとは思ってもみなかった。

いつか君行くといい、できるなら夏がいいってあの歌は確かに歌ってくれていたけれど。

子どもの頃の私は、歌の中のこの街をきっとすてきなところなのだろうと夢みていた。だからすごく不思議な感じがした。

そして博多の全てが、この歌に出てくる様子のままなのにほんとうにびっくりした。

夜に川の水に映る盛り場って、なんて切な

いのだろう。

すれ違う人たちはみんな笑っていて、酔っていて、お店をはしごしていた。私たちはもう駅に向かっていた。今から飛行機に乗るのだった。東京に帰るのだ。

ここ数日満喫していた九州での夜はもう過ごせない。

子どもが言った。

「なんだかみんなすごく楽しそう、この街に生まれてたらきっとすごく楽しいんだろうなあ」

私は言った。

「うん、でも、こういうところって、楽しいときはものすごく楽しいけれど、悲しいことがあったときにはきっと、よりいっそう悲しくなって深く参ってしまうようなところなんだと思うよ」

これは私が大人になったから言えること。

でも、あの歌のメロディの中にみんな入っていたから、すでに知っていたこと。

呼子のいか

久留米、夜の川べり

◎ふしばな

「ふしばな」は不思議ハンターばな子の略です。毎日の中で不思議に思うことや心動くことを、捕まえては観察し、自分なりに考えていきます。私が書いたら差しさわりがあることだって、私の分身が考えたことであれば問題はないはず。村上龍先生にヤザキがいるように、私には「ばな子」がいる。森博嗣先生に水柿助教授がいるように、私には「有限会社吉本ばなな事務所取締役ばな子」がいる。村上春樹先生にふかえりがいるように、私には「ばなえり」がいる（これは嘘です）！

久留米の夜

いつも健康について真剣に考えながら過ごすせいか、久留米の空気の中にいるだけで心がきゅっとする。

それでもすきあらば飲んだり食べたりしようとする懲りない自分。

昼間はずっと病院にいて、いろいろな検査を受け、結果を聞き、一喜一憂して迎える夕方から飲みに行くのは格別なのだ。

焼き鳥で有名な久留米だけれど、ほんとうにグルメタウン。おいしいものがひそかに、宝石箱みたいにちりばめられている。

今回は超有名な三軒の餃子屋さんのうち、老舗の二軒に行くことができた。

一軒は先代のおかみさんが今もずっとお店に座っていらして、息子さんが跡を継いでいるお店。ネパール人かな？　と思われる外国の人たちが日本語の挨拶を大きな声で気持ちよく感じよくしている。焼き鳥と小さな餃子。とてもおいしくて安い。

お店はおそろしいほどにぎわっていて、シャッター商店街になりつつあるその場所の唯一の希望みたいに夜の闇の中で輝いている。

もう一軒はとても小さくてカウンターのみ。餃子とキムチとごはんとおにぎりくらいしかない。

九州によくある「餃子」のお店だ。

お母さんとお兄ちゃんと弟。

弟は今研修中の新人。お兄ちゃんを見習っててきぱきと働く。「大学を出たらここでいっしょに働くんです」弟は言った。

「楽しみだねえ」「お母さんも楽しなくちゃ

ね」そんな声が口々にお客さんから、笑顔と共にこぼれ出る。

調理場では次々に餃子が焼かれ、丸いカウンターだけの席ではみんながその会話をいい気持ちでおいしい餃子とともに聞いている。

老舗の味を守るって、たいへんなことだ。

この人たちが味わってきた様々な夜、何千個、何万個と焼かれてきた餃子たち。

きっと若い代の人たちは、近くにもう一軒のあのお店があるということを意識している。

私がいつか倒れ久留米に来られなくなっても、きっとあの二軒の店は続き、餃子は焼き続けられる。

私の子どもがいつか訪れて、同じ味の餃子を食べながら、もういない私や夫や先生たちと過ごしたあの楽しい夜を懐かしく思い出してくれるかもしれない。

この世にこれ以上に切ないことがあるだろうか？　そしてすばらしいことが。力強いことが。

時の流れに対して人類にできる唯一の抵抗

「又兵衛」の餃子

だ。

そういうことが、人生なんだと私は思っている。

こちらは「五十番」

「又兵衛」のすてきな店内

親の心

◎今日のひとこと

私はもう半分くらい脱出していて、日本にいるときはちょっと小さくなっているという方法でやりすごしているけれど、この息苦しい、見張り合い、空気を読み合い、意地悪をし合う社会の中で、押し込められても押し込められてもその下からはみ出てくる若い力を見ると、嬉しくなります。

素直すぎて、空気を読まなくて、まっすぐで、明るくて、懐かしい「人類」のパワーを思い起こさせる人たち。

それなのに強くてそして優しい人たち。

飛行機から見た雲

型にはまっていない人たち。
時代がそういう人たちを希求しているのだから、まだ希望はあるな、と思います。
例えば尼神インターの渚ちゃんとか、滝沢カレンちゃんとかね。

そしてなによりも、そういう人たちを育てた親ごさんたちの心を感じます。気にしないで行け、ありのままで行け、思い切り行け！と。

子どもが離れていくのは淋しいけれど、そういう親たちに私も背中を押されて、その気持ちだけでやっていこうとしみじみ思うのです。

両親と孫

◎どくだみちゃん

案山子（さだまさし先生にも捧ぐ）

薄着でいれば、寒くないだろうかと案じる。暑ければ、うんと暑いところにいなければいいと思う。

大雨が降れば、今日は傘を持っているかなと濡れた姿を思い描き心配する。

電車に乗っていると思えば、変な人のいない車両でありますようにと願う。

ふと思い出すといつも小さい時の姿だ。

寝顔を見ると、変わらないなと思う。

たとえ自分から遠く離れて行き、数週間に一度くらいしか自分を思い出さないような遠くに住んでも、その魂には自分の愛情がしみこんでいるから大丈夫だと確信できる。

いつも移動していたくて何回でも引越しをして、新しい窓からその街を見る楽しみをなによりも自由だと思っていたのに、今は定点に立っていたい。

いつでもふらりと戻ってこれるようなところに、あほみたいになにもせず。

子どもは自分が死んでしまったら、さぞ心細くなるだろうと思うと涙が出る。

でも、自分は死んでしまっても自分の一部は、いつまでも親子という大きな田んぼの真ん中であほみたいに突っ立っている、そんな気がする。

いつでも戻ってこれるように、でもすごく待っているわけではなく、幸せに山並みを眺めながら。

明太子

◎ふしばな
はがき

ひょんなことから（具体的には日程が合ってギャラが良くて事務局の人たちがその企画に対してとても真摯だったから）、とあるはがきコンクールの審査員になった。

ていねいな下読みの人が入ってくれているので、私が見るのは数百通くらいだが、どれを読んでも、しみじみと、やはり「普通の家、普通の人」っていないんだなあと思う。

それぞれがそれぞれのこだわりや思い出と共に、一歩一歩歩んでいく。もちろんそうでない家もたくさんあるのだろうけれど、おおむねの人たちは善良で家族思いで、家族に欠員が出るといつまでもその思い出をしのんで、この時代をいっしょに生きているのだなということがわかる。

そしてそれぞれの好みはもちろんあるけれど、審査員の先生たちと私との意見を合わせると、だいたい同じ人たちを推している。ここにも大切なことがあるなと思う。

そしていちばん面白いのは、たいていの人が前回の入賞者の傾向に若干影響を受けていることを差し引いても、内容に傾向があり「今年は全国的にこういう年なのか」ということがぼんやりと浮かび上がってくることだ。同じ時代にいる人ってつながっているんだなあ、としみじみ思う。

東京にいると特に、同じ電車の中にとんでもない人が混じっていることがあるから、他人に対して必要以上に用心深くなる。

でも日本中から集まってくるはがきを読むと、その気持ちがふわっとゆるむような人のほうがほんとうは多いのだと信じられるようになる。

私はほんとうにひどいことをされても（借金を踏み倒されたり、呪われたり）、相手の人に「死ねばいい」とは思わない。

でもあの、猫を虐待して動画をアップしていた税理士さんが、だれかの生活を支える税理士という仕事をこれからもやっていくことを考えると、正直、ちょっとだけ思ってしまった。

今まで猫に愛し愛されてきた歴史を込めて素直にそう思う。

まあ、いずれにしても天が彼を裁くと思うが。

猫が嫌いでしかたない人にとっては、大したことではないのかもしれないが私には自分のことしかわからない。

私は許さない。

大切な友人が猫の里親になろうとしたとき、たいへん厳しい審査があって保証人になったことがあり「そこまで厳しくなくても、見ればわかるのでは」と思ったことがあったが、いい人の顔をして虐待目的に猫を引きとっていく人を防止するためだと聞いて、すごく納得した。

人間が、相手が人間である場合を含め、楽しみのために他の生き物の命を奪うということが、私にとってはだが、いちばんの罪だ。

でも日本の津々浦々から届く、その人の顔が見えるような優しい言葉に満ちたはがきを見ると、そんな人は少ししかいないんだと思って安心する。

三回しかやらないということで引き受けたお仕事なんだけれど、すごく楽しかったし意味があった。

ふだん接しない堺屋太一先生や齋藤孝先生と笑い合えたのも嬉しかった。

今は亡き堺屋先生との思い出

会えてよかった、ありがとうございました

挑戦

◎今日のひとこと

安藤忠雄さんの展覧会は圧巻でした。

美術の展覧会と違って、作品と向き合って内側に深く入っていく体験ではないからかもしれないのですが、心が大きく広がるのを感じました。

簡単に言うと、元気と勇気が湧いてきました。


ご本人の声を音声ガイドで聞きながら巡っていたら、大きな考えは小さな考えから成り立っているんだと、そしてその小さいことの技術を合わせた結果どんどん大きくなってい

安藤さんのサイン

くんだということがよくわかりました。

この家の、この部分の技法が発展してこれになったんだな、とか。

軸になる部分は決してブレない（コンクリート、ガラス、採光、大木）が、基本形を地形に合わせてどんどん発展させていく様が手に取るようにわかり、その絶え間なく進化してきた歴史の一歩一歩にとても感動しました。

そしてひとつひとつの展示である建築物に思い出があり、想いがあり、それをていねいにパネルを作って関係者を讃えたり、子ども向けの建築物はとても優しくできていたり、ついに光の十字架にガラスがはまっていない様子が実現されたり。その細やかな気配りを見ると、安藤さんが大胆な住みにくい建物を作るのに、人というものに対してとても繊細であるということがわかるのです。

たったひとりの人の頭の中にあるものが、実際に世界を変えていく。

これこそがまさにほんものの「男のロマン」だなあと思いました。

◎どくだみちゃん
大きな力

やはり大きなものを作るプロジェクトをいつもやっている芸術家のダニ・カラヴァンさん。

彼もまた、常に平和をモチーフにした柱とガラスの作品を世界中に作っている。

イスラエル人であるということが、彼の平和への強い思いを支えている。

彼の彫刻のまわりにきれいな砂がある作品の展示を見ていたときに、うちの小さな子どもが砂に手をついた。繊細に形作られた砂の世界に、子どもの手形がついた。

とても大きな美術館でのことだった。関係者は一瞬凍りついたし、私はもっと凍りついた。

ダニさんは「待てよ、これ、いいかも。子どもの手は未来だから」と言って、

「このままにしよう」

ということになった。

日本中から人が来る展覧会で、その作品にはうちの子の手形が入ったままだった。

人々が「ここに小さな子どもの手があるということは、未来を意味しているんだね」などと考えを話し合っているのを聞くと申し訳ない気持ちになったけれど、同時に一生残る嬉しい思い出に微笑みたくなった。

ダニさんとうちの子と偶然という名の宇宙の力が合わさったなにか。

それを自分の作品に直感で受け入れる力が、芸術家の力なんだなと思った。

あと数センチ手形がずれていたら、多分彼は直しただろうと思う。

それはほんとうに絶妙に彫刻に対応していたのだった。

その、持っていけてしまう偶然の力を味方にしているところが、世界的なものを創る人

の特徴だと思う。
決して、自分だけでやっていると思っていないところが。

直島を巡ったとき、
いろいろな人のすばらしい作品を見た、しかし申し訳ないがそれ以上に、
安藤忠雄さんの世界がいちばん強く心に残った。
彼の創った建築物は光と海風にさらされ、差し込む光がその瞬間にしかない作品を刻一刻と創っていた。
そうか、人間だけではない、自然と地形が彼の相手なんだ。
そう思った。
人間をおろそかにしているのではなくて、人間が自然の一部であり、大地にはりついて生きているということを決して忘れないということ。

ダニさんの霧島にある作品です。雨の日だったけれど、光の入り方がすばらしい。奥に行くと崖からの森が見えます

直島の李禹煥美術館。安藤さんが手がけた

直島の港

安藤さんの展示

◎ふしばな
決して大丈夫なわけではない

安藤忠雄さんは病気でたくさんの臓器を取っていて、それでも元気でお仕事をされている。すごい人だ！　不死身だ！　と言ってしまうのは簡単だけれど、決して元気なわけではないと思う。

人に元気さを見せつけたいわけではなく、プライドでもなく、単にやりたいことがあるからしんどくてもやるしかない。やるならなるたけ楽しくやりたい、ただそれだけだ。

そういうことなんだと思う。

体の中で密接にからまりあっていた臓器のシステムが変わるのだから、疲れるだろうし、力も入りにくいし、たいへんだと思う。

でも、やりたいことがあるから、行けると

ところまで行こう！　そういう強い決心なんだと思う。

安藤忠雄さんや岡本太郎さんや横尾忠則さん。私たちの時代をリードしてきた真の芸術家をすぐに「変わった面白いおじさん」で片づけてしまい、宝を壊してしまう日本特有の変な文化がある。そうやって力をそがないと横並びでなくなるから、不安なのだろう。

だからこそみんな海外できちんと評価されるのだが。

しかしそんなことは関係なく情熱に満ちて、彼らは創り続ける（太郎さんは『続けた』）。

心から、その夢を讃え、もっと遠くにいくように、体が長持ちするように願うことしかできない。

私が直島の感想を手紙に書いて送ったら、安藤さんは直島のサイン入り写真集を何冊もどかんどかんと送ってきてくださった。

いつもカタカナで「バナナさんへ」と書いてあるけど　笑　細かいことはどうでもいい。その気持ちがすばらしくて、私も若い人にそうありたいと思う。

三十分しかないサイン会の場で、うちのアシスタントが「お写真を撮ってもいいですか？」と聞いて、私が「いいよいいよ、こんな場だし」と言っていたら、急に「いいよ！」と言ってくださったときの、とても優しい声、目。映画のシーンのように美しく、惚れ直してしまった。すごい人だ！　と思って、髪の毛ボサボサのまま、あわててちょっと写り込んでみた！

人としてひとりの人がここまで大きく、優しくなれると思うと、ほんとうに小さいことはどうでもいいと思う。悪口とかだれがどうしたとかトラウマがあるからこうなったとかここが痛いとかかゆいとか、きっとほんとうにどうでもいいんだと思う。

でもそういう偉大な人にもきっとものすごくこだわっている小さなポイントが常にあって、そこがあの大きさを支えているのだろう。そんな気がする。

いつも宇宙や地球への愛の力が彼を動かしている。その様子を感じられるだけで、力が入ってくる。

そう、例えば。

まるで井の頭線で岡本太郎さんに、東横線で安藤忠雄さんに出会えるような気がするから、あの長すぎる憂鬱な道のりをなんとか耐えられる。

日常に入ってくる芸術の力。

むりやりの写りこみ

光の十字架

はつ恋

◎今日のひとこと

「もう一生会うことはない」と心から思っていた、私の超有名な初恋の話、それはもはや「こいいじ」[*3]のゆめちゃんと張り合えるくらい。

同じ人を十歳から十七歳まで思い続け、何回も告白してはふられ、そのことはもう学校内で有名くらいのばかな思い出、しかし輝かしい思い出。

「おまえの子ども時代の想い方、それはもう男だ」と夫にさえ断言されたあの恋。

それがですね、今となっては恋の気持ちは

江の島水族館のサメ

全くなく、ほんとうにその人を見ても「元気でよかった」「幸せそうでいいね！」としか思わない自分が不思議なんですけれど、さらに再会につながったのも、整体の先生の息子さんを検索していてうっかり見つかってはしゃいだというてきとうさで名前で検索さえかけていなかったというのんびりっぷり。

最近よくクラス会などがあってうちの息子とその人が同じテーブルでごはん食べたりしているのを見ると、クラクラするんです。

家族第一の私、愛とか恋のクラクラではなくて、時間の経過に関するクラクラです。

いつかそんな日が来ると、当時の私に言ったらとりあえず気絶するでしょうね。

前にも書いたけれど、初恋って、その相手だけではなくて、そのときに周りにあった環境の全てが愛おしいんですよね。

学校、クラス、季節の移り変わり。廊下を歩いていく彼の後ろ姿。

緑色で、葉っぱが大きなチェックの各コーナーにあるという不思議なチェック模様のセーターがよく似合っていた。私が今でもオリーブグリーンがいちばん好きな色なのは、きっとそのせいだ。

親友の家に泊まりに行ってはお互いの恋について、たわいないおしゃべりをして夜中まで盛り上がったこと。

親友の家からは彼の家が見えてうらやましかったこと。

両親が元気で生きていて、姉もまだ家に住んでいて、なんの悩みもなかったただ美しい時代の全て。

息子まで込みで会えてる？　だったらもう、いっそまた好きになって、ドロドロの世界に入って行けや、もう大人なんだから。

というタイプの人もきっといるのでしょうが、私にとって、絶対に壊してはいけない自分の中に唯一残っているきらきらした夢のような美しい子ども時代が、そんなことをしたらすっかり破壊されてしまうので、かけらも思いません。

私の夢は決して「彼とセックスすること」ではなく、「彼がいるこの世は毎日がとにかく美しいから、そこになるべく長くいたい」だったのですから！

それは「大島弓子先生がこの世にいるだけで今だって毎日嬉しい、たとえまんがをあまり描いていなくても」というのとほとんど同じ気持ちです。

じゃあ、もう大人だし、大島先生に会いに行ったり、アシスタントになったりしますか？　いや、しません！　と同じ感じ。

夢を壊したくないからというのではなく、そういう縁だということです。

だから「彼とそのときの親友は今でも私の神様」それが全てなんですね。

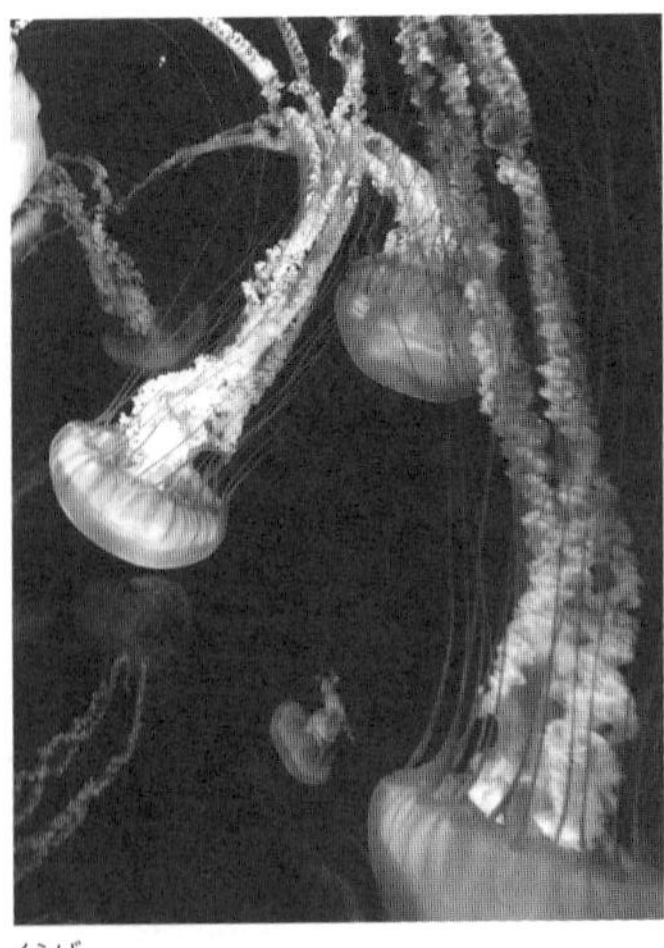

くらげ

◎どくだみちゃん

錨をあげて

この世でいちばん悲しいタイプのできごとがあって、愕然としながらある幼なじみの身内のお通夜に出た。

すばらしい人たちであった彼女の一族はすっかり歳を取っていたけれど、まるでネイティブアメリカンのようにすばらしい顔になっていた。その姿は美しくて、悲しみに沈んでいても全く欠けることないまぶしい光が彼らを取り巻いていた。幼なじみは号泣していた。私は彼女に声をかけられなくて、廊下で静かに泣いた。

私たちは、偶然のいろいろな事情があり、同い歳かつほぼ同じ場所で育った。

それぞれの親も弟や姉も家族同然、子どもたちは団子になって、毎日いっしょに泥だらけになって過ごした。

電気がついて窓に彼女のシルエットが映る。勉強しているんだな、もう寝るんだな。全部わかった。

私の方が宵っぱりで、いつも心の中でおやすみを言った。おやすみ、明日も遊ぼう！

窓から笛を吹くのが、携帯のなかった当時の私たちの連絡方法。

いなければ笛を吹きやめる。

でもたいていのとき、しばらくすると彼女のシルエットが窓に映り、窓が開く。

安心できるその笑顔がのぞく。

「読み終わったからまんが貸すね」

「ありがとう」

互いの窓枠には紐が渡されていて、そこにビニールの籠が下がっている。

本を入れて、紐をたぐると、相手の家にものを運べる。

そのシステムを十数年使い続け、私たちは大人になった。

彼女のまつ毛、後れ毛、笑顔。泣き顔。

みんな知っている。

だから号泣している声が懐かしかった。

そんなときでも懐かしかったのだ。

神様、もう二度と彼女に悲しいことがおきませんように。

だれがなんと言っても、私は祈る。

いろんなことがみんな楽になって、彼女が護られますように。

彼女の一族が、もう二度と泣かなくていいように。

私を育ててくれたあの美しい人たちに対する私の感謝が、必ず同じ分量で届きますように。

たて笛での呼び出しの音楽は、

錨をあげて

だった。

ドミソラミラ　ドレソド　ラドラソラシド

ファラレドミソファレ

ミミドシラミラ　ミレドレソド　ミファソ

ラシド

今でも吹ける。
それは私たちの魂がよりそっていた証。
だれがなんと言っても、意識の底の澄んだところで私は祈り続ける。
この命がつきるときまで。

江の島への橋

◎ふしばな
魂の中の子ども

しかしながら不思議なのは、未だに初恋の彼といるときにしか出てこない自分の人格というのがあるということだ。

たぶんこれは、私が作っている夢物語ではなく、人類の直感というものの真実だろうと思う。

私が会話でうまく人に伝えるのが下手なのと、相手はすぐ冗談で厳しくつっかかってくるので、現実の相性はかなり悪い。しかも彼は超メンクイであるから、異性としても見てもらえはしない。しかし、ふたりの間には当事者も知りえない「なにか」があるのである(ちなみにストーカー的な、『彼には伝わっているはず』的な考えでもない)。

私の中の(自分で言うのもなんだが)いちばん善良で、女の子らしくて、純粋で、こんな人間がいるのか? というような妖精のような精霊のような、人間離れした美しい小さな内気な一面が、彼の前では未だに出てくるので、びっくりする。「好かれたい」とか「好きだから」とかと全く関係ない。この世でたったひとりあの人物に相対したときにしか出てこない(もちろんそのかけらは私の根底にあるので、いろいろな人間関係で出ていると思う)けれど、ほんとうに不思議なことに、小さいときから彼にはそれがはっきり伝わっていることもわかる。

「ああ、この人はこういう人なんだな」という程度の伝わり方なのだが、互いにわかるのだ。

その矛盾が私の初恋の核になっていたのだ

ろう。

先日クラス会があり、しょ～もない男友達が、またしょ～もないことを次々言いながら、彼の元彼女にからんでいたとき、元彼女に私は、

「えっ、大学時代に何年間もつきあっていて、やってない？　そりゃ、今からでもやっといたほうがいいんじゃね～か？」と言い、

「不倫だし、えんりょするよ！」と彼女は言い、

「ばなな先生、そう思うだろ！　俺もそう思うんだ！」と彼は言い、

「俺の再就職の作文、添削してくれよ！」と続けたので、

「いいよ、やってやるよ～」とLINEを交換して、「私のキャリアが御社に役立てると感じました点は……」などと書いたりして、いつものゲスな自分。

しかし、初恋の彼が「○○太、基本は変わってないよね」とそのしょ～もない男友だちに言ったとたんに、

「ほんとうにそうだよね、ちょっとうるさくなっただけで」と私は人格を自然に変える。

それは彼が神だから。恋している相手ではなく、人間でさえない。

この多重人格を当時も役立てることができたらうまくいったのだろうが、うまくいったら小説家になれていないと思うので、よかったのだ。

ちなみに、その「奥底に潜んでいる自分」というのは、表向きには決して伝わらなくてもどかしい。

そこがまたきっといいところなんだし、初

恋を長引かせた理由だろうと思う。

彼の現実のことはそんなわけでよく知らないので、彼を決定づけている要素がなになのかは全くわからない。性的なものではない。何万人という人に会ってきた私だが、それは確信している。

その彼と当時の親友には共通するものすごくすばらしいなにかがあるのだ。それは多分、「全てを自分で判断して、自分で決めて、迷わない」強さではないかと思う。それほど信頼できることはない。

確実に今の夫にもある要素だと思う。

つまりは私がこの世で他人に対して、最も求めている要素がこれなのだろう。最も萌える要素でもある。きっと人それぞれにそれがあるから、この世は面白い。

あなたの「自分は持っていないけれど、相手に求めている要素」はいったいなんでしょうか？

エイ

宇宙一の食いしん坊

◎今日のひとこと

あるところまでは、いくら食べても痩せてたんですよ。ほんとうに、食べても食べてもその場では腹が出るけれど、次の朝にはなにごともなかったように細くなっていた。それが自慢でもありました。

でも三十すぎてから、そのことが怖くなってきたのです。別に吐いてたわけでもないし、薬もやってないし。つまり働いていたのです。頭が過熱して発狂するほど。どうしても太れないほど。

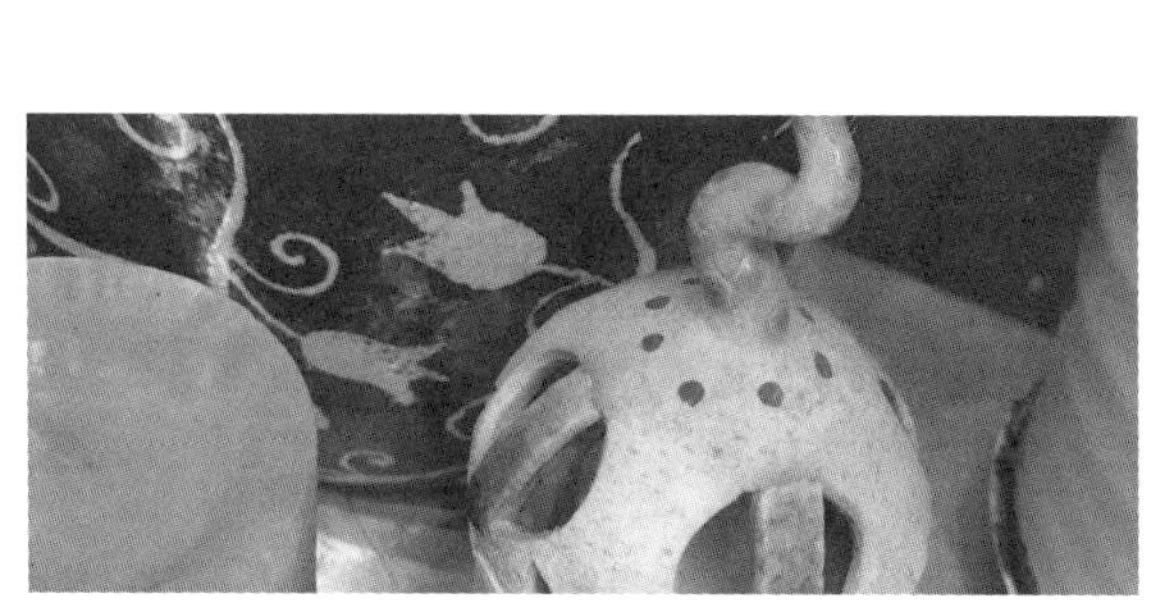

タイラミホコさんのキャンドルスタンド

だから父譲りの糖尿病をうまく回避しながら（ちょっと気をゆるめると血糖値が上がりますから遺伝は怖いのです）、適度に体を動かしながら、発狂しないようにゆるませながら、ちょっと太めの今がいちばん健康なのです。もうこの際、美なんて横に置いといて、健康がいちばん大切な年代なのです。もちろん仕事してないわけではないです。前よりもある意味では脳を使っているし時間もかけているかもしれないです。でも、自分を殺そうとしてまで書いてはいません。なぜなら人生のほうがオモロイし大事だからです。

ふだんはわりと粗食だしほとんど自炊です。

しかしひとたび旅に出れば、どんだけ食べるんだというくらい、あの店この店とがんばれてしまう。

そして旅の友と飲み歩いた夜の思い出もたくさんできる。

それが大好きなのです。

台湾の「ごはんのことばかり100話とちょっと」の帯に北京語で燦然と輝いていた、「宇宙一の食いしん坊」という表現。

それを見た息子が「ママすごいね！」と大笑い、その帯の写真を撮ろうとしたら店員さんに「写真を撮らないでくださいね」と叱られました！

オレのオレによるオレたちで作った本なのに！

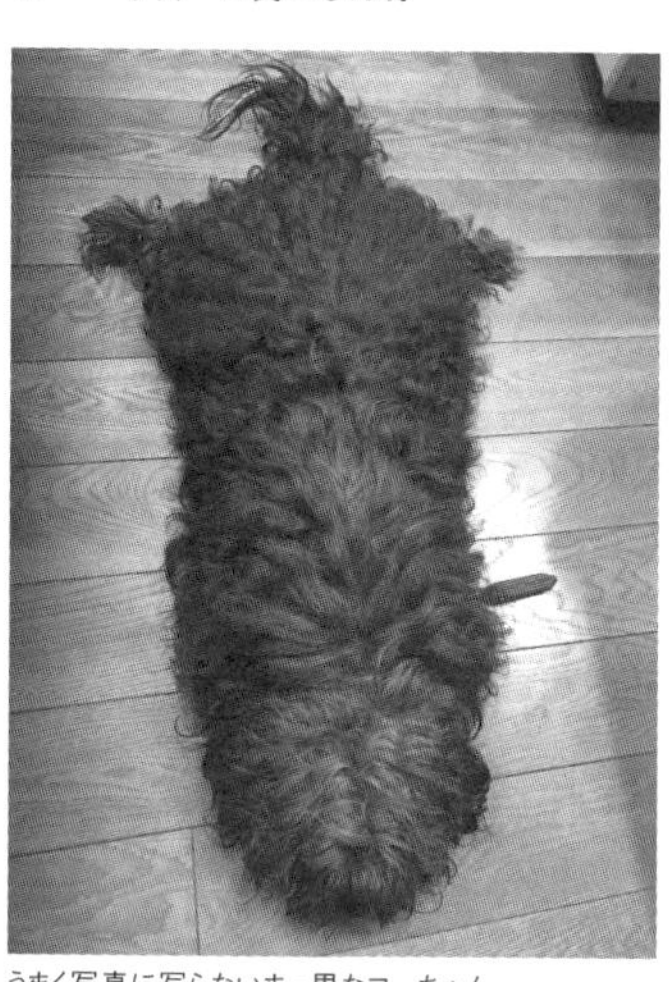
うまく写真に写らないまっ黒なコーちゃん

◎どくだみちゃん

幸せな瞬間

ホテルについて、さて、仕事の本番は明日。気をつかう仕事の会食も明日。

でも今夜は特に予定がない。ちょっとしたミーティングを終えたら、フリーになる。

さあ、何を食べに行こうか！

はしごするとしたら最初軽めになにを食べようか！

その瞬間がいちばん幸せだ。

それがいちばんなんて、我ながらあほじゃないかと思う。

そこにいる全員がにこにこしていて、さあ、行くぞ！　となっているあの感じ。着替えてロビーに集合しようというあの気持ち。

あの感じのためなら散財もいとわない。

音楽と踊り好きの人たちがこれからオール（今もこの言い方あるのかなあ）でクラブに行きましょう！　と土曜日の夕方に友だちと集合してメイクしているときと同じくらいのテンションだと思う。

そして私は食べ歩きに行くのが「よかった、自分は音楽と踊り好きじゃなくて」と思うほど、誰にも渡すことができないほど楽しみなのだ。

申し訳ないけどトークショーの前には決してならない結束力だ。

だからトークショーの前にそうなる人が、トークショーをやるといいと思うんだよ。

ちょうど時間のあるときに大きな書店に行って、あるいはＡｍａｚｏｎなどを流し見して、この本を買おう、さあ読もう！

そのときとだいたい同じくらいのわくわくだから、そうとうな喜びだと思う。

小説を書くのはとてもたいへんで、人の頭の中に入っているような状態だから、うまく時系列とか考えられなくなる。全く別の頭を使っているのがよくわかる。

十歳のときにここで暮らしているのに、十三歳でもう五年もここにいるはずがないという校正さんからの指摘とか、そういうのが全くわからなくなる。

小説の中の人のリアリティしかわからなくなる。

小説の中の人にとってあっというまの感覚だとしたら、三時間だって一瞬になってしまう。

その異世界をいったん出て、自分の年齢や歴史や肉体の中にきちんと戻って、編集者の気持ちあるいは校正者の気持ちになるときなんて、ほとんどチャネラーが宇宙存在（よく知らないけど）から元の人に切り替わるときくらい肉体的に疲れるものだ。

でもそれは自分の特技だからいやではない。息をするようなもので、好き嫌いではない。もう人生の一部に組み込まれているので、書かないと頭が爆発してしまう。

それはいいよね、そして、よくないよね！だ。

で、そこからやっとこさ出るときに、

「なんか食べに行こう、飲みに行こう」

「本買おう」

となるわけだから、簡単に言うと趣味は食べ歩きと読書ということになるのだが、

そんな簡単なものではないわいな、といつでも思うのだった。

◎ふしばな　食べるのに興味がない人

たまにそういう人とごはんを食べることがある。ごはん？　めんどうくさい、なんでもいい、なるべくさっとすませたい、みたいな。

あまりにも違っていて不思議すぎて、自分にとってエイリアンみたいなものだから、ついじっと見つめてしまうが、基本的にはそういう人たちはやはり痩せている　笑。

そりゃそうだろう。

「食べるのにさほど興味がないし少しでいいが、どうせならおいしいものを食べたい人」これはよく理解できる。

私は食いしん坊だが大食いではないので、少量のおいしいものを食べてお酒を飲む、これは全然ありで、歳と共にこちらに移行してきた。フォーリンデブの人などには実はとても憧れているが、血統的にも血糖的にも残念ながらなれない。

また歳と共に少なめのコース料理が好きになってきた。

アグレッシブに食べたいものを取りにいくのではなくて、次は何が来るか楽しみにするほうがわくわくするようになってきた。大人(そうかな)〜!

……っていうかアラカルトって居酒屋でもないかぎりは、取り分け問題とか、味がかぶる問題とか、値段が優しくない問題とか、話がゆっくりできない問題とか、実は店の人もちょっと困るんだろうな問題とか、いろいろあってむつかしいと思う。

「旅館のご飯」「懐石みっちり」「フレンチのコースみっちり」はたいてい苦しくなって残してしまうからあまり好きではない。旅館はできれば夜も朝ごはんを出してほしいと思う。しかしいつか行った秘境の宿で、朝ごはんが味のりとごはんとわかめ少々の薄い味噌汁と生卵だけだったときにはちょっと泣きたくなったので、一概には言えない。

あと、すっごく薄く切ったひからびたお漬物(きゅうりのキューちゃん的な)が小皿の上にふた切れだけ載っているのを見ると、いつも「これだったらないほうがよい」と思う。

ちなみに「食べるのに興味がなく、さらにどう考えても新鮮でないものや加工食品ばかり食べている」「おいしいものを食べても興味がなさすぎておいしいかどうかわからない」このタイプがいちばんわからないし、実をいうと友だちにもなれないし、知り合いにさえなりにくい。

欲がないというのはある意味すばらしい。酒も飯もなかったら、今頃どれだけお金持ちだっただろうと思わない日はないくらいだ。

しかし、人生とは楽しむためにあるものだと思っている以上、むだこそが命の糧！

私は負けない。

→この部分にはだれも挑んでないから。

……まあそれはいいのだが、そして私は人をその指向性で差別したりしない方だと思うのだが、そのタイプはたいていてい、「なんとなく味気ない感じ」「顔色が悪く不健康な感じ」

だなと思っている。

昔、母乳を出すためのマッサージのプロの人が「道を歩いているお母さんの胸を見るだけで、『ミルクあげてるわね、あ、あの人は母乳』とわかる」と言っていたのとかなり近いと思う。

口にするのはコンビニかスーパーの弁当で飲み物もペットボトルのみ、みたいな人は、いっしょにいるだけでエネルギーがシュッと下がっていく（そういう全ての人を非難しているわけではありません、人それぞれでいいと思いますが、私は違うということです。このメルマガでこのことを何回も書いていますが、そういうのって良し悪しではなく、単に違う世界にいるのです）。

少食なのとなんでもいいは違うし、食べ物にこだわりがないのと粗悪でもいいも違うと思う。こだわりすぎて偏っていて結果不健康な感じの人も体とお話ししてる感じの人と、気が合うんだろうと思う。

代々木上原「ゆう」のすばらしい料理

こちらも

かもめはかもめ

◎今日のひとこと

台湾の読者さんはみんな自分好みのおしゃれをしていて、急激な世の中の流れにすんなりついていていけない様子で、立ち止まって考えたいような人たち。女性も男性もみな繊細そうな、でも人生をちゃんと楽しんでいそうな人ばっかり。

踊り&クラブ系のイケてる男女がほとんどいないのも、私の読者らしい特徴です。

会場のつごうや会食の予定などいろいろ制限があって、ひとりひとりとゆっくりお話しすることはできなかったのですが、サインはじっくりしました。ときには涙をにじませな

大雪

がら感謝を口にするその人たちの瞳を見ていて、どの国でも生きることはたいへんだし、若いときに苦しみをたくさん味わったことはむだではないんだよと言いたくなるような、きっと辛かったんだろうな、という子がたくさんいました。

もしかしたら家からほとんど出られないような子も、きっとがんばって来てくれたんだろうな、夜遅い時間なのに、列に並んでそのひとことを言ってくれたんだろうな。

その子たちのかばんに、枕元に私の本がいて、本の中の人たちが寄り添っていたんだと思うと、ありがたくて嬉しくて、小説を書かせてくれた小説の神様に感謝せずにはいられませんでした。

人のできることはそんなにたくさんではない、でも、その人がいないと始まらない、そんなことが必ずあるんだなとしみじみ思いました。

雪だるま

◎どくだみちゃん

自分以外

パーマンのように、押し入れに身代わりロボットがいて、めんどうなときには代わってくれるといいなと思ったことはあるけれど、自分以外のものになりたいと思ったことはあまりない。

アーシア・アルジェントちゃんと会うたび、「その細いウエストにほんとうに内臓入ってる？　いっぺんそんなに細くなってみたいわあ」とは思うけれど、

あんな恐ろしい役柄を演じなくてはいけないと思うと、やはり遠慮しますと思う。

自分を生きるってなんてすばらしいことだろうと思う。

それにうまく暗示をかければ、それが潜在意識に入れば、ものごとは叶ったりするけれど、そのときに自分の無意識の抵抗のあまりの大きさにびっくりする。

心を海だと思えば、小さな石を投げたときに、何が起こるかわかる。

そんな大きな場所に石をひとつ？　特になにも起きないよ。

……と思ったら大間違いだ。

そのことの厳密さをよく見ていたら、人生の不思議や奇跡の持っているあまりの完璧さに驚いて、そのほうが石を投げたという行動よりもよっぽど感慨深いくらいのすごさだ。

高校のときに私には恋人がいて、いっしょにいるのはとても楽しかったけれど、家庭環境その他もろもろすごくたいへんな人だった

ので、しかも卒業したら婚約的な話まで出ていたので、息抜きがしたかった。

そんな感じの気持ちでちょっと好きになった人にはものすごく好きな人がいて……。

私はその女の子が廊下を歩いているのを見るだけでやるせなくなり、でも目が離せず。

今となってはそのちょっと好きになった人の顔はほとんど忘れてしまい、そのかわいい女の子の姿だけが浮かんでくる。

大きなリボンをしていた、私と全く違う人生を歩みそうな子。

今となっては、その「寄り道恋愛」で辛いことがあって、なかよしのすみちゃんの顔を見たらほっとして涙ぐんでしまった私にすみちゃんが、

「うわ～、まほちゃん、泣いてる、泣いててすげ～かわいい！」

ととんちんかんなリアクションとわけのわからない賞賛を与えてぴょんぴょん飛び跳ねていたことばかりが浮かんでくる。

やっぱり自分でよかった、自分がいい。

唯一無二の自分を歩んで、自分に思いっきり執着して、気持ちよく悔いなく自分を終えよう。

台北、夕方の光

◎ふしばな
向いてない

イタリアの大学で質疑応答式の特別講義をしたとき、初めはそんなに熱心でなかった学生たちがだんだん前のめりになって、そうか、そうなのかという態度になっていくのを見ていたら、ほんとうに日本とは違うなと思った。

日本人は少なくとも体ではその感動をその場で表さない。あとから熱いメールが来たりすると「こんな熱い人はあの現場にいただろうか？」と思う。

どちらがいいとかではない、芯のところに届くことを願って、ひねくれず、照れず、ひたすらに話すしかない。

人前に出る仕事が好きでない私は、ほんと

うに面白いことに、全く緊張していなくても姿勢が外に開いていない。

女優さんや芸人さんたちは、人前に出ると急にぱっとオーラが開くのである。そして「出していく」構えになる。

中川家さんなんてもう！　舞台のそでにいるときからなにかを発しているし、出てきただけで涙と笑いが混じったようなすごく不思議なきらきらした気持ちになる。

私は姿勢としては内に内に向きながら、言葉だけが外に出ていく感じだ。

だから説得力があまりないのだろう。

そういえばフラを踊っても「さあ見てください」とは一回も思えなかった。

まあ、珍しい生き物がたまに外に出てきた、くらいの感じでいいのではないかと思っているので、全然かまわない。そのかわりに文章の説得力では他の追随を許さないくらいにがんばっていきたい。

なにせ二、三日なにも書かないと具合が悪くなるという体質の私、締め切りを遅らせたことは三十年間一度もないのだから。それでいいじゃないか。

さて、イタリアの話だが、「このくらい感情が表に出てくれたら、ありがたいなあ」と思わずにいられないほど、学生たちの目にどんどん光が宿り、寝ていた人も「お、これはおもしろいぞ」と起きてきたので、話す方もだんだん乗ってきて、あっという間に時間が経った。自分がいい講義をしたということではなくて、講義ってほんとうはこういうものなんだなあと思う。

最後にサインなどしていたら、背の小さい、

ショートカットの、でもものすごく美人の学生さんがやってきて、
「私は今まであなたの本を読んだことなかった、でも、今日の話を聞いて読もうと思った！　今から書店に行きます、ほんとうにありがとう！」
と恥ずかしそうに投げつけるみたいにぶっきらぼうに言って、走って去っていった。
なんだかとても嬉しくてぽかんとしてしまった。

私はたまにウィリアムとかゲリーとかその他アメリカ人といっしょに登壇するが、その方たちが質疑応答のとき「質問が長い！」と平気で質問者に言うのでびっくりする。だって、お金払って来てるお客さんなんだよ？　と思う私だからこそ、圧倒的な講演ができないのだろう。

私は質問が長ければ長いほど自分の持ち時間が少なくなるし、答えを考える時間もできていいなどとつい思ってしまうのである。

地方の講演だと、本は読んでないけど義理で来たおじさん、みたいな人がたくさんいるのでとてもつらい。お互いが時間をむだにしている感が満載なのだ。

このあいだ新聞を読んでいたら吉田類[*4]さんがおじさんたちに酒と肴の話をするという講演の話が載っていて、おじさんたちが食いつかんばかりにらんらんと聞いているのがわかり、やっぱり適材適所だよねという言葉が浮かんだ。お互いがよく作用し合う演者と観客の組み合わせのほうが絶対いいと思う。

台北でのイベント

キッチン30周年記念でした

「ボラーチョ」の名物、オニオングラタンスープ

ロクサンのこと

◎今日のひとこと

「ロクサン」と「レ・リヤン」という今は[*5]「オー・ペシェ・グルマン」（ほんとうにおいしいです！）になったお店があったからこそ、私たち家族は下北沢に越してきたのです。その、「孤独のグルメ」にも出たことがある名店「ロクサン」が閉店してしまいました。

　唯一無二のすごい生地のピザ、にんにくの利かせ方が完璧だったパスタ。

　子どもの誕生日、海外から来た友だちと、遅く帰った日の夕食に……どれだけ通ったかわからないほどなのです。

　赤ちゃんのときから子どもを見守ってくれ

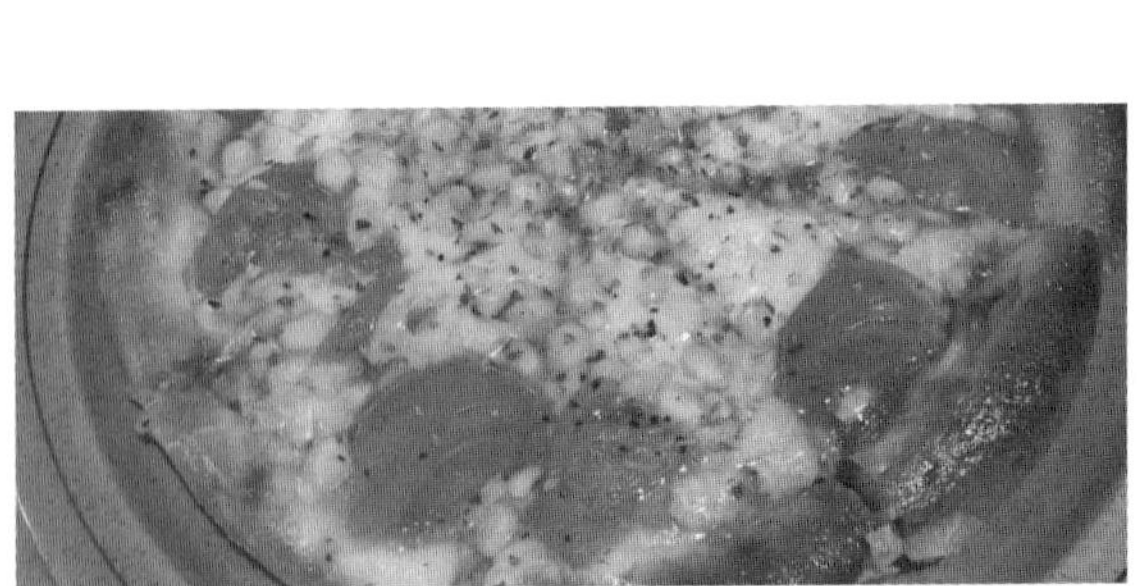

「ロクサン」のピザ

たお店でした。

だからおじさんとおばさんには素直にお疲れさまと思うし、感謝しかないのです。

どの街にも、どんな人にもそんな思い出の場所、二度と食べられない味があるはず。

だからこんなとき私は華丸さんの「食べずに終われんばい！」[*6]を読み返すのです。

人生の中での外食に対する思いってみんな同じなんだ、そう思うのです。

「ロクサン」はいつも完璧においしかったから、おいしいおいしいと言って食べたことには自信があるのです。

きっと騒ぎになるのがいやだったのでしょう。なにも言わずに閉店されて、あとからお電話をいただいたので、最後の日もそうとは知らず、おいしい顔でお別れしました。悔いはないです。

ただ、一度だけ、ものすごいもめごとに巻き込まれて頭が熱くなり、先に家族がお店に入っていて、後からカリカリしながら行き、味わうことを忘れてがつがつ食べてしまった夜があって、それだけが悔しいのです。

たった一回だけ。それでも後悔しています。

ああ、どんなときでも、人が作ってくれた、あるいは自分が作ったけれど素材は大地が育んだ、目の前の食べ物をちゃんと味わっていこう、いつか必ず食べられなくなるのだから。

心からそう思います。

名作コーンとトマトのピザ

◎どくだみちゃん
わかってはいるけれど

永遠に続くお店はないし、永遠に生きる人もいない。

そんなこと誰でも知ってる。

見ないようにするために、ごまかすためのこともたくさん知ってる。

でもその感情から目をそらしているうちに、みんなのほうがひとあし先に幽霊になっちゃったみたい。

それじゃ本末転倒だ。


前の家の全く陽当たりのない部屋の窓辺で、小さなサボテンを育てていた。

一日たった三十分だけの太陽でよく生きてくれた。

おはようと声をかけると緑色の光が生き生きと灯るみたいな感じがした。

あまりにも窓が隣の家と隣接していたので、殺風景だからサボテンの隣の壁に蛍光の星をふたつぶ、壁に貼っていた。

毎晩その星の光を見るたび、サボテンの生えた山の上に星が輝いているイメージが浮かんできた。

小さい子どものように、そのふたつのヴィジョンに寄り添うようにして、そこでの暮らしのつらい面を乗り切った。


引っ越した新しい家、広い部屋、その一角に置かれたサボテン。

忙しくて水遣りを少し怠ってしまったら、いつのまにか枯れていた。

あんなに密に過ごした頃があったのに。


寿命だったらしかたないけれど、後悔もしてないけれど、あのときのほうが仲良しだった、そのことだけが悲しい。

せめて心の中で星の隣に置こう、あの懐かしいシルエットを。

同じ種類のサボテンを買ってきて、生活に少しゆとりを作り、また仲良くなって育もう。


病室でずっと友だちのように感じていたありんこを、最後には自らつぶしてしまう宮本輝さんの小説があった。わかるような気がした。

なにかわからない、自分を支配する感情や見えないものへの怒り、いらだち。

私はとてもソフトにそれを表現してしまったのかもしれない。あのサボテンを通して。

だとしたらいっそう、そういうことに自覚

的でいたい。

前の家にいい思い出はほとんどないが、風呂場のあたりに一箇所だけ信じられないくらい気がいいところがあった。

そこにいるとうっとりして、夢見ているようになるのだ。

あの一点だけが得がたい場所だった。今も懐かしく思い出すし、あの場所に立ちたいと思う。

あとはほとんど外にいてキャンプしているような変わった家だった。

短期間しか住まなかったので、きっとおばあさんになったら（それまで生きられたら）、夢だったかなあと思うだろう。

小学生のとき、住み替えのときに親と姉と住んだ、継ぎ足しで作られた超変わった家みたいに。

その家は風呂場が長方形の家の真ん中にあり、奥の自分の部屋に行くには一回大きく一段下がって風呂場のタイルを通り、また上がらなくてはいけなかった。人が風呂に入っていたら通れない。タイルが濡れていたら足も濡れる。

ある日、大量のかたつむりの赤ちゃんが風呂場でかえっていて、家族全員でその透明な赤ちゃんを外に出した。

割れそうな殻、透明な目。そっとそっと。

あの思い出、変な家、もしかしたら夢だったんじゃと今では思うくらいだから。

幼なじみのきいちゃんの家から、その不思議な建て替えの家に行くときは、いつも近所のすばらしく庭の大きい家の庭の中をきいちやんといっしょにごくふつうに通っていたことも。

そこを通ると近道だからと言って、無断で人の家の門をあけて、庭を通って、裏口から出ていた。裏口から出るとその建て替えの家の道に出るのだった。

毎日そういう抜け道を見つけて、いろんな人の家の庭を通過していたから、頭の中には自分だけの千駄木一丁目の近道地図があった。

そういうのどかな時代だった。

「ロクサン」の前で。イラストレーターのSOUPYちゃんと

ちょっといい話

おじさんが一度倒れて入院したときから、いつ食べられなくなってもおかしくない味なんだ、と思っていっそう悔いなく通っていた。

最後に行った日、なんで私は急にそれを聞いたのだろう？

「この明太子スパゲティを、いくらうちで作っても同じようにならないんです。玉ねぎをたくさん入れてすごくよく炒めるんですけど」

これまで十二年くらいいつも聞きたくて聞けなかったことだった。というのは、おばさんは私が「このお店はなんでロクサンなんですか？　おじさんのあだな？」などと聞くと、「ないしょよ！」とはっきりはぐらかす　笑のだ。たぶん教えてくれないだろうなと思っていた。

「これね、長ねぎが入ってんの！」

おばさんは言った。

そうか！　この絶妙なアクと苦味はそのせいなんだ。

私は思って、ものすごく納得した。

それが最後の会話だった。まだまだ道でばったり会ってお礼を言えるチャンスはあるけれど、あのお店の中ではもう会えないから。

このエピソードは小説に書いたから、覚えている人もいるかもしれないけれど、ある午後、明るいうちからべろんべろんになって大声でしゃべっている三人組がいた。

おじいさんに近いおじさん（マスターと呼ばれていたのでスナックの店長）、中年近いホステスさんふたり。

　昨日あれからだれだれさんに送られていってどうなった？　もしかしたらやっちゃった？　いやいや、私そういうの嫌いだから、ずいぶん前の角でさっとタクシー降りた。

　な〜んだ、絶対いい仲になってると思ったのに！

　そんな話にもっとお下劣な細部の描写を加えてげらげら笑っていた。

　うるさいな〜、と子連れの私は思っていた。子どももいるんだし、下品な下ネタトークを連発すんなよ、と。

　しかしマスターが何かのきっかけで、

「俺もいつ店たたまなくちゃいけないかわからんけど、おまえたちが大変にならないようにちゃんとしたいし、まあ、なるべく長く健康でいっしょに働きたいよな」

　と言ったら、そうとう酔っていたせいか、あとのふたりはいきなりおいおい泣きだして、

「あたしずっとマスターといっしょにいる」

「あたしも、だれか倒れても助け合えばいいもん」

「マスターが死んだら私も死ぬ」

「だったら私も死ぬ〜」

　と言い合った。そうしたらマスターも泣きだして、とてもしんみりしたいい雰囲気になった。

「静かにしてください」って言わなくて、この会話が聞けて、ほんとうによかったなと思った。

　まあそんないいこと言っててもこの人ら、これからも確実にまたけんかしたり、店辞めちゃったり、酔ってお客とやっちゃったりするに決まってるけれど、それはそれ。今、こ

の会話ができてよかったね、と私は思った。

クレーマーを生きていたら聞けない、その先の会話の可能性を、いつもわずかに心にとめていたい。

件の明太子スパゲティ

ウォズニアック‼

横尾さんさえいれば

◎今日のひとこと

横尾忠則さんは、いつも私の心の中で「同じ道を行く先輩、少しタイプの似た人」「同じように永遠に大人っぽい大人になることを拒否している人」なので、自分の行く道も大丈夫な気がして安心するのです。

横尾さんがあんなにも引っ張りだこだったデザイナーのお仕事を減らして本業が画家になったときもただ「わかる〜」としか思えませんでしたし、隠居宣言をしたときも「なんで同じような考えの人がこの世にいるんだろう」と思いました。

「ほぼ日」で連載しているこの対談[*7]も最高で

横尾さんのすごい絵たち

す。

いつかとても大きな規模で社会的にも意味のある、様々な偉い人がいるパーティに行ったら、横尾さんと奥様が並んで同じ方向を見つめながら座り、ひたすらに食べていらした。

その食べ方のあまりの無心さに私は胸打たれてしまいました。

私もこういう場で、人を気にしないで、社会的なコネとか人脈とか体裁を気にしないで(気が小さい私は今はまだうんと気になってしまう。例えば遠くに池澤夏樹さんをお見かけすると緊張のあまり隠れてしまうくらい)、こんなふうにひたすら食べる人になりたい!と心から願いました。

こんなロールモデルはなかなかおらん!笑。

若い頃の私は探して探して、業界の中を泳いで泳いで泳いで、やっと横尾さんを見つけてほっとしました。「こうならねばならぬ」から永遠に解放された瞬間でした。

対談をして写真撮影の場になったとき、横尾さんが「もういいじゃない、いっぱい撮ったもん」とおっしゃったとき、私は心の中で「ステキ!」と叫んでいました。

横尾さんが画家宣言をしたとき、みんなが思ったはず。

「なんで今うまく行っている、しかも世界水準のデザインの仕事をやめるんだ!」

でも今ややっぱり横尾さんはものすごい絵を描いています。

ひとつひとつの絵が命を持っていて、それぞれの宇宙世界を深く発散していて、そこになにかいる、とぞっとするような気配があるのです。

それから横尾さんが猫のタマちゃんの追悼のために描き続けている絵、わりとさらっと描いているのに、ものすごい迫力の絵なのです。愛とか鎮魂とかもちろんそういうこともあるんでしょうけれど、そんなレベルではないのです。

私は横尾さんの小説も大好きです。

なぜなら、小説のために小説が書かれているだけだから。テーマを伝えようという力みがないから。

そこに横尾さんのエゴが全く入っていないから。

少し切なく、天国のような不思議なきらめきがあって、そして決して絵画のようではない。

本人こそが全て、才能はひとりそれぞれ一個、それを極めるしかないという私の思想を体現している方だなと思うのです。

タマちゃんの絵

大好き、横尾さん

◎どくだみちゃん

犬に先に寝に行かれたのは初めて

ほんとうは隣の白いメスの賢そうな赤ちゃんにみんなの心は決まっていたのだ。

これから十何年を共にする家族を選びに行く、あのうきうきとした、しかし選ばなくてはいけない切なさは、他に似た感情を知らないなにかだった。

男の人って風俗の入り口の写真の前でこんなめちゃくちゃな気持ちになるのかな？

いや違う、だって風俗で出会った彼女は一生面倒を見ることが前提ではないもの。

真っ黒で、ちょっと無邪気で、いかにも残り物になりそうな小さな男の子。

「……気になるし、やっぱりこの子にしようか」という雰囲気になったとき、その場にいた人たちも、家族も、そして私も驚いた。驚いたのに、なぜかすごく納得していた。

「運命だからしかたない」に似ている感情だったかもしれない。

先代のチベタンテリアが亡くなってからまだ半年経っていなかったので、子犬は蝶よ花よと甘やかされて育てられ、すっかり「自分がいちばん」と思うアホ犬になってしまった。

でも考えてみたら、人生のいちばんすごい時期……一生で一回の大混乱の時期。

まだ初めての育児をしている最中で子どもが小さく、震災があり、両親と友だちが亡くなり、家を買い、もう一匹の愛犬を看取り、姉が病気になった……という時期をいちばん若くて元気なエネルギーとしてただただだいっしょにいてくれたのだから。

そんな役回りはなかなかない、やはり運命的なものだ。

もしこの犬が賢くて人につくすタイプだったら、そんな大きなエネルギーの動きを受け止めきれなくて死んでしまっていたかもしれない。

アホだからこそ本体は丈夫で、みなも気がゆるみ、和んでよかったのかもしれない。

足元に寝ている真っ黒い塊。

宅配便の人にお腹を出して仕事をじゃましては笑われるおばかちゃん。

仕事をしていて深夜までリビングにいた私、ひたすらゲラを見ていたら、急に足元の犬がはっと顔を上げて、起き上がった。

霊でも見えているのかしら？　ときどきしていた私は犬を見ていた。

すると一回あくびをして、伸びをして、彼は二階に上がっていった。

なんだろう？　トイレかな？　と思ったけれど、彼は戻ってこなくて、数時間後空がすっかり明るくなった頃に私がベッドに向かうと、いつもいっしょに寝ているベッドの上で、犬が大の字になって仰向けに寝ていた。

揺さぶっても起きないから、押してどかした。

これまで飼ったどの犬も私が寝るまでじっと足元にいたのに。

それが犬の仕事なのに。

腹を出してぐうぐう寝ている犬を見ながら、

感動さえ覚えていた。

こんなことってあるんだ！

犬が先に寝室に行って寝ちゃうなんて。よっぽど眠かったんだろうけど、でも！

朝焼けの空の下で寝ぼけながら、私はその黒いお腹をなでた。

コーちゃん、バカだったなあ……

みんなが思うように生きて、それをぶつけあうでもなくただそのつど調整しながら生きるっていうほうが、かたく忠実を生きるよりもよっぽど健康なのかもな、と思いながら。

◎ふしばな

解決

私の人生に横尾さんが登場する前、「業界内の立ち位置」というものについて、私は深く悩んでいた。

村上春樹さんは国外だし、森博嗣さんの存在をまだ知らなかった（というか彼はまだ作家になっていなかった）し、瀬戸内寂聴さんは出家しちゃったし、なにをどこまでしたらいいのか、どうしたら小説に専念できるのかわからないし。

芸術家というのは、ジャンルを問わずに「自由」に考えるのが仕事なはずだ。自分の深いところまで降りていってシュールかもしれないなにかを取ってくる。その深いところはとても孤独なところで、そこから持ってきたものはもう自分ではどうにもならないから、だれになんと言われても取り替えられない。

自分が自分でしかないということを思い知りながら、進むしかない道だ。

社会に迎合せず、自分の考えを相手に合わせて曲げたりせず、でも人を無意味に傷つけず、断るべきことは断って作品を深めていくことはできないのだろうか？　また、家族を持っても作品を作り続けられないのだろうか？

そんなとき横尾さんが、奥様とご家族とスタッフさんたちに守られながらひたすらに絵を描いていく勇敢な姿を見て、どんなに励まされたことか。とんかつを食べ、猫と暮らし、言いたいことを言っても上品だから編集の方たちやギャラリーの方たちを傷つけず、その時々でUFOや温泉や滝や……様々な世界に深く入っていく。まさにそれは私のしたかったスタイルだった。

特に甘いものを食べたら病気が治っちゃった話[*8]なんて、私のツボに入りすぎて、勇気がわいてきた。こんなふうに生きていいんだ！

しかしあるとき、渋谷陽一さんに「横尾先生のように、我が道を行きながら、いろいろなジャンルに挑戦し、ひたすら作品を深めていきたい」と言ったら、渋谷さんが「いや〜、ああ見えて聞いてみるとけっこうたいへんみたいですよ！」と爽やかにおっしゃったので、かなりがっくりきた。

渋谷さんの特徴として、にこにこしながら人が心底がっくり来ることを言えるというのがあり、以前にも「周りじゃなく吉本さんが恋愛っぽいんですよ、たいていの男は『吉本さんって俺のことが好きなんだな』と思うと思いますよ〜」と真実をつかれ、がっくりきたことが。

評論家ってほんとうにこわい！

近年は常に体の不調を病院や整体やマッサージで癒しながらまだ絵を描いておられて、私もそんなふうに歳をとれたら[*9]、と切に思いながら横尾さんの日記を読んでいた。横尾さんご自身でデザインしたその本の装丁がこれまた超かっこよくて、デザイナーとしても天才なんだなあと思う。

スピーチで横尾さんが「きっと僕のほうが

先にあちらの世界に行きますから、僕がみなさんを待っててます、ご案内しますよ」とおっしゃったとき、私はほんとうになぜか安心して、ああ、私も、横尾さんもみんなあちらに行くんだと素直に思った。

　じたばたしたり、弱気になったり、覚悟を決めたり、そうして必死でものを創り続ける人もみんな順番にあちらに行くんだと。

美術館のすてきなろうか

かわいいいっちゃん、絵に合ってる

本当にすばらしい！

怖かった

（怖い話が嫌いな方は今号を読まないでください）

◎今日のひとこと

私は幽霊を信じているのでしょうか？

う〜ん、あまり信じていないような気がします。だって今のところ両親の幽霊にも会ってないくらいだから。いちばんに出てきてほしいんですけれどねえ。

でも、ある場所なりできごとなり、ものすごいインパクトを場所が記憶するかのようなできごとがあって、その気配を感じたとき、人間の頭の中にある情報として「幽霊」という姿で翻訳するのがいちばん早いとなることはあるような気がするんですよね。

台北のレストランにいた巨大な犬たち、多分マスティフ

私はこれまで、信じられないような偶然とか（この間なんて台北に行くときの空港の出国手荷物検査の列で、すぐ前にいらしたのがこれからアメリカに行く松家仁之さん……『光の犬』[*10]を読んで大泣きしました！　の奥様とお嬢様だったんですが、これってすごくないですか？）、考えられないようなことを当てるサイキックたちに会ってきているので（恋愛で観てみるとどうも二十三歳っていうのが声の地層に出るんだよなあ、そのときになんかあった？　というこえ占い千恵子ちゃん[*11]とか……その通り、ありました！）、人間の本能とか野性の力の中にそういうものが入っていることは普通に信じています。

こけたち

◎どくだみちゃん

怖い場所

あまりそういうことを深く考えると怖くなるから、
どんなに薄暗い場所でも、この場所ってなにがあったんだろう？　とは思わないようにしている。

でもそういう場所のことを思い出すとき、いつも霧の中にその場所があるように見えてくるという共通項がある。

霧がかかっているみたいにその場所のエッジがよく見えないし、クリアでないのだ。

たとえば大神神社とか伊勢神宮とかに行くと、たとえ雨でも曇りでも霧でも、全てがクリアに見える。それと対極の感じかもしれない。


イギリスはほんとうに霧が多かった。

そのホテルの部屋は全部傾いていて、窓が一個もなく古い絵がみっちり壁に描いてあるレストランでは、にこりともしない気味悪い少年が給仕をしていて、何が出てもおかしくないなと思ったけれど。

夜中にクローゼットのドアがバコーン！と開くのである。

そしてまた閉めるのである。

それでまたバコーンと開いて、閉めに行って、もはやドリフのコントだなと思った。

深夜の頭の中にヒゲダンスの音楽が聴こえてきそう……。

部屋が傾いているからなのか、何かがいる

のか、もうどっちでもいいやと思えた。

クローゼットを開けっ放しで寝たら、夢は全部渦巻きもようでぐるぐるしていて、朝、ぼうっとして起きたら、ひびの入ったガラスの向こうにゆがんで曇っている空が見えた。肌寒く、クローゼットのドアは開けっ放しで、きっとこれは百年前と全く変わっていない朝なのだろうと思った。

まさに子どもの頃、シャーロック・ホームズの世界で感じていた気候である。

こういうのが熱い紅茶がほんとうにしみいるほどおいしい状況なんだな、と私は悟った。

台北でタピる

◎ふしばな（ふしばなというタイトルに真にふさわしいふしばな）

五大湖みたいな……？

台北でとあるホテルに泊まった。

とある催し物にいちばん近くて便利だなと思ったのである。

イベントとイベントの間にはホテルに休憩に帰れるし、フードコートも近くにあるし、大好きなスーパードライという服も近所で買えるし、いいなと。

そして台北に着いてから、ネットでそのホテルの近くの深夜営業レストランを検索していたら、「世界で幽霊が出る五大ホテル」にそこが入っていたのである。なんと名誉なことにアジアでは一軒だけだった。

処刑場の跡地だとか、某強そうなジャッキーさんがあまりにも幽霊が出るから深夜にチェックアウトしてしまったとか、書いてある。

エレベーターホールには魔除けの書があるとか、部屋もそうだとか、さんざんだった。

その書を見つけようとじろじろ見ていると、ホテルの人が「何をお探しですか？」とすごくいやな感じ（幽霊が出るとは言わせない！という感じ）で寄ってくるので、そこがまたリアルだった。

あまり考えないようにして眠ったのだが、夢の中で何回もいやな絵を手元のノートから見せてくる青年がいて、いや、観たくないから！　と断り続けた。

でもその程度で済んで、この程度ならヨーロッパでは何回も体験しているわいと思って、安心していた。

ちなみに私はいやな場所だなあというくら

いは感じるけれど、幽霊を見たりはしない。

ただ、夢の中でいろんなものを見るのである。

でもそんな旅の疲れによる気のせいだと言ってしまえばそれまでだから、別にいい。

ホテルのあるその地域からタクシーで離れると、急にうきうきしてくる。

そしてホテルに帰るのか……と思うとどんよりする。

いやいや、きっと盛り場が何もない場所だからだよね、と思うようにして、忙しかったこともあり二泊まではさくさく過ぎた。

最後の夜、なんとなくいやな感じがしたのである。

友だちのうちに遊びに行って深夜に帰るとき、小さい子みたいにちょっと泣きたいような気持ちになったのを覚えている。友だちのうちはとてものどかな場所にあり、山の温泉の帰りにおいしい食堂に行き、そのあとおうちでやってきた先生のすばらしいスポーツマッサージを何人かは受けたり、受けない人は仙草ゼリーを買いに行ったり、そこのうちのチビとトトロを観たり、楽しく過ごした。

そしてタクシーに乗って帰るとき、ホテルに近づくにつれ、あの、怖い映画でよく響き続けている重低音（デヴィッド・リンチの世界にもよく流れている）が耳に聴こえてきた。

うわ〜、なんだかまずい感じがするな、と思いながら、早朝に出発するから荷造りをしたり、シャワーを浴びたりして、いい旅だったね！　といい感じでふんわりとみんなが眠りについたそのとき、夜中の二時くらいに、ピシ！　ピシ！　パキ！　と壁が鳴り出して、その後、ジャーン！　とテレビが深夜の部屋でいきなりついたのである。

停電があって、その後電気がついたんだ！　と思おうとした。

しかし足元のライトも廊下のライトもばっちりついていたのである。

でも百歩譲って停電だったとしよう。それだと通電したとき、つけていなかったテレビの主電源が入るだろうか？　百歩譲ってそういうことはあるとしよう。あると思いたい。

でもあんなに大音量である理由もあまり見当たらない。そもそもテレビをその日は一回もつけていなかったのだから。

それでもいいとして、そのテレビがある場所はまさにその「部屋の幽霊を封じる書」というのがかかっている真ん前だった。全然効き目ない。とにかくしかたないから電源を切って、テレビを消した。

その後、今テレビの前を誰か通った！　うわ、俺十五歳なのに母親と同じベッドで寝るなんて、でも絶対戻りたくない！

と言って息子がベッドに飛び込んできた。

枕で壁を作って、はじっこで小さく寝た。このぬくもり、懐かしいなあと思いながら。

壁はピシピシ鳴っているし、トイレとか風呂ではわけのわからない水音がゴボゴボいっているし、なんだかわからないけれどあぶくみたいなささやきみたいなわしゃわしゃした音がずっと続いている。

それでも寝てやる！　と思って意地になって、思い切ってトイレに行き、すべての蛇口を締めなおして、家族三人ともやっと眠った。

すると夜中の三時過ぎにもう一回、テレビ

がジャーン！　とついたのである。

　夫は寝ぼけて「うるさいな〜！」と言ってまた寝ていたが、そのリアクション、ある意味うらやましかった。

　私もできればそのまま寝てしまいたかった。しかし大音量な上に、内容がむちゃくちゃ怖いのである。

　ホテルのテーマソングなのだが、「Feel like your home」と繰り返し歌っているのだ。真逆だよ！　笑。

　息子も起きて、ふたり力を合わせてもう一回テレビを消した。

　そして九字を切ってみたり、最近天国に行った、よく幽霊が見えると言っていた井上ニコルさんになんとかしてよと頼んだりしたかいがあって、朝までもうそういうことはなかった。まんじりともせず夜明けを迎えて安心するってきっとこういうことなんだな、と牡丹灯籠の話なども思い出したり。

　ロビーでいっちゃんに会ったら寝不足気味で、彼女のところは深夜にお風呂に入っていたら真っ暗になり、部屋に飛び出したら部屋の電気はついていたがやがて全部消え、またついたから停電かと思ったが、すごく怖かったと言っている。

　じょじょに消える、そんな停電あるのだろうか？

　ホテルの人に聞いたら、「夜中の一時から二時の間に、エアコンをみなつけるから電気がハイになってメンテナンスのために停電した」みたいなことを言っていたが、テレビの電源が入ったり、三時にも停電したとは決して言っていなかったし、なによりもあやまる様子が全くない。

慣れてるんじゃ……？　とつい疑念を抱いてしまった。

翌日、その近くのホテルで結婚式を挙げた友だちに聞いてみたら、日本から結婚式に出るために式場の近くのその私たちの泊まったホテルに泊まりに来た友だちたちが、夜中に火災警報で全員大がかりに避難させられ、火事なんて起きてないじゃないかということになったとき、従業員数名が「私たちは絶対に燃えさかる火を見た」と言い張ってかえってすごく怖かったということがあったよ、と話をしてくれた。

あと、私はホテルの部屋を出るときや飛行機に乗るとき、人が触ったかどうかを確認するためスーツケースのダイヤルを特定の数（ほんとうのオープンコードではない数）に合わせて出るのだが、最後の日だけはなぜかその数から番号がずれていた。

メイドさんが出来心でいたずらしたり、ずらしたのならまだよいと思うのだが（よくないか）。

私はもう泊まらないけれど、便利な場所だし、カフェもおいしいし、部屋にもよると思うので、もしわかっちゃった人がいても当方は決してそのホテルの営業を妨害しているわけではございません！

子どもとひとつベッドでいっしょに寝るのも最後だったと思うから、いい思い出だし。

ただ、ここで書きたいのは幽霊がどうとかいうこと以上に大事なことである。

私はふだん、ホテルの部屋を去るときにはいつもそうじをして、コップもゆすいで、感謝して出ていく。

そして朝食ブッフェで食べ物を取ったら、残さないようにていねいに食べるし、ちょっとくらい感じの悪い対応をされても気にしないで笑顔でいる。

しかし、そのホテルにいるとなぜかどんどん気持ちがすさんでくるのだ。

荒れてくると言ってもいい。一口食べて残してしまったり、いらないものを取ってきたり、あわてて部屋をあまり片づけずに出たり。私はふだんそんなことを決してしない。

働いている人のいらだち方もハンパなく、お茶もこぼれるほどジャッと注ぐし、麺を茹でている人もイライラしているし、ほんとうは係の人が取ってくれるはずの奥の釜のものを、みんな乗り出してやけどしそうになりながら必死で取っていて、お子さんもそうしているのに、だれひとり手伝おうとしないのである。ちらっと見て無視。

親切な人の多い台湾にはなかなかない対応なのである。

そして私まで「ちっ」と思ってしまうのである。

あの場所にいるときっと人はだんだんそうなっていくのだ、と私は思った。

「気が悪い」ってつまりそういうことなのだ。

いつか、ローマの元修道院という小さなホテルに泊まったときのことだ。部屋に入ったとたん内側からどんどん清められていくような気がして、花も空もみな美しく見え、ていねいに時間を感じているのに、同時に時間が止まったような静謐さを感じた。

　ものがよく見えるし、落ち着いているし、自分はどうしてしまったのだろうというくらい声がよく響いた。

　朝早く起きてテラスに出ると、咲き乱れる花を心豊かにいつまでも見ていられた。

　いつもはローマを比較的ビクビクして歩いている私なのに（泥棒がいっぱいだから）、そのときは落ち着いて街を歩き、教会の入り口でぼろぼろのおばあさんに数枚のコインを渡したらそのおばあさんが涙目でお礼を言ってくれた。私もていねいに挨拶を返した。その後、ランチをしたレストランから部屋で食べようかなと思って持ってきたパンをねだられてあげたら、野良犬さえ大人しくそれを食べた。人と犬が同じという話ではもちろんない。いつもの私なら、おばあさんを見ないようにしたし、野良犬がついてくるといやだか

ブックフェアのイベント

らパンなんてあげないだろう。でもそのときはそうしようと堂々と思ったし、大丈夫だと確信していた。

あのホテルが修道院だった頃、きっとそこにいた人たちが心から信仰厚く瞑想的に暮らしていたのだと思う。

「気がいい」ってそういうことなんだと思う。

私のたれ帯

陽明山からの景色

出会うことと気づくこと

小さな力で少しねじ曲げられる感覚

◎今日のひとこと

スマホや時計や体重計やスピーカーや、なんでもいいのですが、新しい機器を手にしたとき、説明書を読んでしかしある程度直感的に操作をしようとするとき「向こう側の仕様に合わせて生活を変える」ということを強いられることがあります。

それが悪いとか、いやだとかそういうことではなくって。

これまでの充電器はもう使えないとか、DVDでは録画できないとか、なんでもいいんです。

豊田の空

それに伴って、ちょっとだけ家具の配置を変えたり、生活習慣を変えたりしなくてはならないことがあります。

あたりまえのことだけれど、そのことから生じている違和感を自覚している方がきっといいんだろうな、と思うんです。

自分がこれを選んだ、だからこの違和感は当然なのだが、あるということだけは自覚していたい、そんな感じです。

でないと、少しだけ、体が鈍るような。

とっても小さなことだけれど、大切なことだなと思います。

長野の空

◎どくだみちゃん

魂と体

夜になって、ひとりきりになったら、魂は体にごめんなさいと言う。

今日は意に沿わないところで水を飲ませてしまってごめん、流れで少し食べすぎてしまってごめん、あまり気持ちの良くない宴席に参加してしまってごめん。

苦しくならなかったか、つらくはなかったか？　少し静かに休んだり、撫でたりしてケアをするから許しておくれよ。

いやいや、魂を守るためなら、全然。それに魂がわかってくれていたから、大したダメージを受けなかったよ。

魂が傷つくよりはいい。魂が傷つくと、体はもっと傷ついてしまうんだ、結局。

だからこの世での回復力を持っている私のほうが、いったん受けるには適しているんだ。自己犠牲とかそういうんじゃないんだよ。むしろ適材適所って感じかな。

ありがとう、ごめん、なるべくそういうことにならないように生きるよ。

いやいや、君は不器用だから、魂くん。決して嘘がつけないんだから、しかたないね。

ありがとう、ごめん、君がすっかり古くなって壊れて動かなくなる日まで、だいじにするから。

うん、その日は来る。だから仲良くやっていこう。お互いになるべく無理をせずに。

豊田市美術館の庭

◎ふしばな
体が納得

この話、夜型の人はよくわかってくれるのではないだろうか？

夜型の私は、温泉に入って疲れが取れたという喜び以上に、朝早く起きて朝ごはんを食べなくてはいけないプレッシャーが大きく、胃も心も疲れて帰ることが近年よくある。

親が生きていたときの旅は、母はともかく父は朝方だったので、合わせてあげたいという気持ちが大きかったから、意外に疑問がなかったのかも。

仕事なら何時起きだろうが徹夜だろうが、ある程度しかたないと思うのだが、休みに行ってなぜそんなにも疲れてしまうのか、わからないまま生きてきた。

　やはり夜型でまだまだ心身共に寝ている子どもを、むりやり引きずって朝食会場に行ったこともよくある。

　家族全員が朝型ではないので、しかも朝ごはんは食べないタイプなので、そこにあるのは苦痛だけであった。ごはんに対しても申し訳ない。

　ふだんの生活、自分のペースでできている暮らしをねじ曲げてまで見なくてはいけないのは、朝焼けとか早朝の泳ぎとか天体観測とかそんなことくらいでいいような気がする。

　何が悲しくて苦痛と知っていることをしにいくのか、いや、単なるものぐさなのか。

　あるときから、宿で朝ごはんを食べないと決めてゆっくり寝るということにしたら、ほんとうに体が楽になった。

　仲居さんが帰宅したいとか、早くお昼の支度に入りたいという気持ちは痛いほどわかる。

　でも「朝食は九時までなのですが、できれば八時にお願いします」とか「夕食は最終が七時です」と言われてそれでお願いして、三十分くらいで超高速で出てきたりすると、げんなりする。

　これに関しては、そんなにサービスされるほどお金も払っていないし、先方には先方の生活があるので当然だから、まあ行くほうが悪いという問題だろうと思う。でもそんなことを言うなら、むしろビュッフェにして情けをかけずにさっと片づけちゃってほしい。部屋食を売りにするから矛盾が出てしまうのではないだろうか？　なるべくそのタイプの宿には行かないように気をつけている。

先日会津に行ったときの宿が、朝九時半という遅めのすてきな朝食時間だったので珍しくごはんを食べに行ったら、なんとお客さん全員がその時間を選んでいた。観光や登山などへ急いでいなかったら、みんなのんびりしたいのかもしれないし、夜型だからその宿を選んだのかもしれないし。

夜型に特化した宿を作ったら、意外に満室になるのではないだろうか……。

こんなにも旅をしているのに、わりと神経質な私は旅が好きではない。

なぜ制限された中で動かなくてはいけないのか、さっぱりわからない。

家にいれば、そんなにむりをしなくていい。なにかに合わせて起きたり、乗り物の時間に合わせて行動したり、飲みたいものが飲めなかったり、それと引き換えになる景色や空気のすばらしさがなければ全然行きたくない。

いつも行く伊豆の宿は、どちらかというとだらだら寝ていて部屋から蹴り出され（あくまでイメージです）、すでにどことなく冷えたおかずではあっても、だめだめな私が起きるまで待っていてくれた温かいごはんとお味噌汁がちゃんと出てきて、それをほぼ意識不明でかきこむのだが、これはこれでいい思い出というか、宿の人たちがいい人たちだから全然かまわない。だから毎年通ってしまう。

もうそれがお約束みたいな状態になっているし、こちらもなかなか起きようとしないので、ねじまげられる感じはなぜかない。

かなり印象的だったのは、あるときに行った「ごはんを残すことを許されない宿」というもので、少しでも残していると「なぜ食べないんですか……おいしいのに」と長々とじめじめしたお説教を聞かせられる。「ほんとうに下げてもいいんですね？　もうお持ちできませんよ？　あとでお腹が減っても知らないわよ、僕！　僕は世界中にいる飢えた子どもたちのことを知らないの？」みたいな。

しかし、私はその前に売店を見ていたので、夕食のほとんど全てが売店で売っているものだと知ってしまっていた。釜めしも、お漬物も、魚も、前菜もほとんどがレトルトだったので、微妙に添加物を避けている（健康のためというよりも味）私は、どうしてもあまり箸が進まなかった。

あとほんのひとおしで「だって天ぷら以外、肉までもがみんな売店で売ってるレトルトばかりなんだもの。味付けが濃すぎてあまり箸が進まんのじゃい！」と言ってしまいそうだったが、なんとかこらえた。

温泉に行くってなんだろう？

ほんとうにこれはよく休めたなあっていう旅ってどんな旅だろう？

まだ答えがあまり出ていない。

日帰りで温泉に行くと運転する人も自分も疲れてしまうので、一泊したいのは確かなのだが。

もしかしたら温泉宿って、私の体には悪いんじゃ……？　という疑問を常に抱きつつ、私は温泉目当てでまた一泊旅行に行くのだろう。

咲きほこるコスモス

奈良美智さんのカップ

微生物の力を借りる

◎今日のひとこと

街の中に、じめじめして濡れたごみがたまっているような場所ってありますよね。

それからギラギラしたホテル街のわきで、酔っ払いが吐いたり男女がもめていたりする、そんな暗がり。

それから、このあいだマヒトゥくんがこの場所について書いていたので強く印象に残っているのですが、ビジネスホテルの自動販売機のわきの蛍光灯の下とか。

どうしてビジネスホテルでお茶や水をひとりで買いに行くと、早足で帰りたくなるのか、いつも不思議なんです。

外村まゆみちゃんのモザイク

そういうところって、なんとなく「幽霊が出そう」「近づきたくない」「触りたくないものがたまっている」みたいな感じがしますよね。なぜそんな場所がどうしてもこの世に出現するのか、私にはわかりません。

　ただそれが必然であり、愛のない淋しい気持ちとすごく関連していることはよくわかります。

　この世の中は人間の体に呼応しているという確信を私は持っています。人の限界は目に見えるもの、感じられるものの限界だからです。

　だからきっと体の中にも全く同じような場所があり、そこから病気が発生するのです。病気の90％は霊の作用だというのも、同じような理由から言われているのだろうと思います。

　ということは、そのような場所を作らないように、微生物あるいはそうじあるいは風通しの力、それにともなう愛の力を借りたら、病気にはならない。

　謎めいていますが、極めて重要なことを書きました。

近所の庭にある像

◎どくだみちゃん

ツイン・ピークス

人の無意識の中に沈む、暗く重い澱のようなもの。

どんなに押しこめてもないことにしても、それらは様々な形をとって表に現れる。

瞑想を使って、それらをほんとうにうまく昇華させているのはデヴィッド・リンチだと思う。

彼が言う、瞑想が世界を平和にするというのはほんとうだと思えてくる。

奥底にあるものをただ表に下品に出すのではなく、人間の無意識の世界の混沌、その残酷な美しさを、宇宙を信頼して何にも置き換えずに忠実に映像にしているからこそ、彼はあんなに陽気で現実的でかつ幸せそうなのだから。

言葉にしては理解できなくても、なんとなく善と悪の戦いだということはわかる。しかしどちらが良いということもない、ただどちらも存在する壮大さだけがあるのだという宇宙の神秘。

それでもなぜか善を見ているとき、涙が出てくるのはなぜだろう？

人は憧れる、無垢なものに、善なる会話に。

なぜ、いいほうのクーパーが笑顔を見せるだけで嬉しくなるのだろう。

なぜ、ハリー・ディーン・スタントンの最後の輝かしい演技がちょうどこの作品におりこまれたのだろう。

なぜ、レベッカ・デル・リオが歌っているだけで、背筋がぞっとするくらい感動し、全てがわかったような、どこか大切な場所にたどり着いたような気持ちになるのだろう？

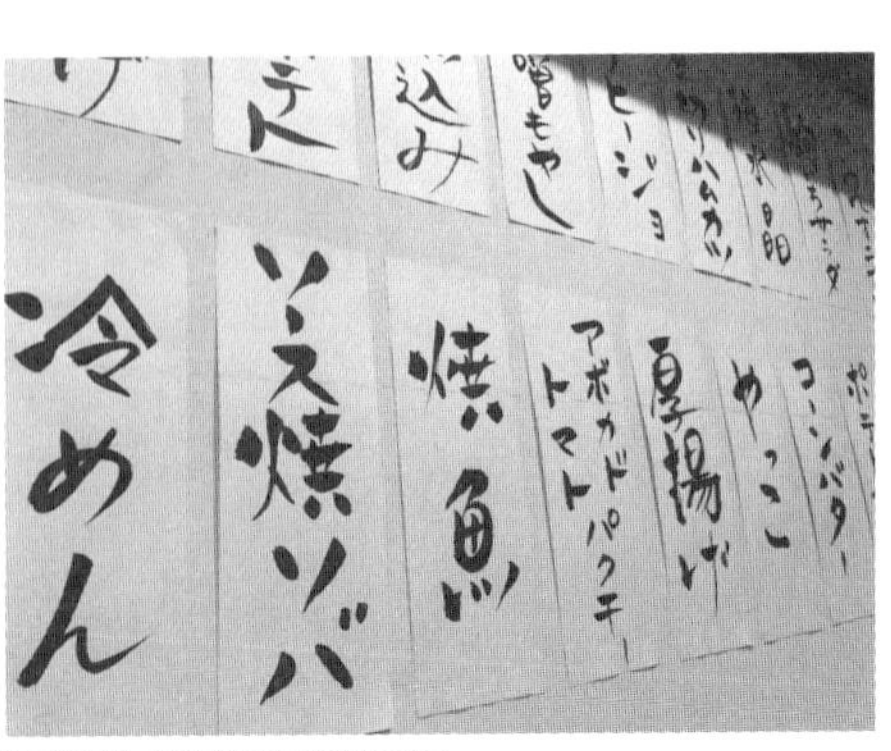

駒場ふきんの居酒屋のすてきなメニュー

◎ふしばな

ぬか花嫁

ぬか風呂で働いていたお嬢さんが、結婚して遠くに行くことになった。いつも人のために働いて、ぬかのかけ方もていねいで、決して手間を惜しまないかわいい人だったから、彼女が幸せそうなのが私も嬉しかった。

ぬか風呂というのはとても不思議なもので、相手を思いながらしっかりていねいにかけてくれる人なら、そのやっている人自身が同時に癒されてしまうようなところがある。

全てのヒーリングはほんとうはそういうものなのかもしれない。

上手な人がかけると、熱くあるべきところは熱く、のがすべきところは微妙にぬるく、かけられた人がすやすや眠れるような塩梅になる。

　彼女はそこまで達している人だった。

　惜しい人を失うが、おめでたいことだからいいのだ。


　そのお嬢さんは、自分のお父さんを健康のために、けっこうむりやりぬか風呂に連れてきていた。

　お父さんにしてみたら、ぬか風呂にさほど興味がないけれど、かわいい娘が働いているところだからとがんばってやってきたのだろう。

　お父さんは熱い熱いとよく騒ぎ、お嬢さんは「お父さん大丈夫？」とちょっときつい口調で言っていた。

　だれかのおうちが隣にあるみたいで、ぬかに埋まっている私の心は和んだ。

　あまりの熱さにお父さんはよく更衣室のドアを開けっ放しで素っ裸で涼んでいた。

　お嬢さんはそれを見て「お父さんやめて！　他のお客さんがいるんだから！」と叫んでいた。

「父に健康になってほしくて、来させてるんです。うるさくてごめんなさい」ぺこぺこしながらお嬢さんはいつも言っていた。

　全然気にしないでください、むしろおふたりのやりとりを聞くのは好きなことですから。と私は答えていた。

　犬が死にゆく日々の中で、日々ぬかに埋まりながら、そのお嬢さんとお父さんの声の響きの美しさに、私はいつでも「今しかないことをちゃんと味わおう。犬が元気だった頃を恋しがってばかりいないで、今生きていることを喜ぼう。そして元気でまだいっしょにいるみんなを大切にしよう」と思うことができた。

「お父さんが淋しくなりますね」
「淋しいから九州についてくるって言ってました。来ないと思うんですけどね」

　隣のぬか床でウンウンうなって熱がっていたお父さんがどんな気持ちなのかなと思うと、胸がいっぱいになった。

　人生はあっというまに終わってしまう。熱で、ぬかで、心の大そうじで、いつもなるべく澱をためずにいたいなあと思う。
　私の心に生じた澱を、日々私の瞑想（のようなもの）が、微生物みたいにパクパク食べて、なるべくちょうどよい環境が保たれるといいと思う。

バリの緑

バーニーズのカクテル

からくり

経営者をほぼやめる私が、ほんとうにぶっちゃけて言いますと……。

たいていのハンパな経営者の経営とは「多少依存体質の、能力のある人たちをだまくらかして、自分より低い収入で、自分の収入のために働いてもらうこと」です。

だからこそいい経営者は少しでもそこを外していこうとするのですし、外すのであればどこか狂気がないと楽しめない博打的な面白さももちろんあります。あの物事が大きく動くほどわくわくしてゾクゾクして気持ちいい！　みたいな感じ、男性にはたまらないん

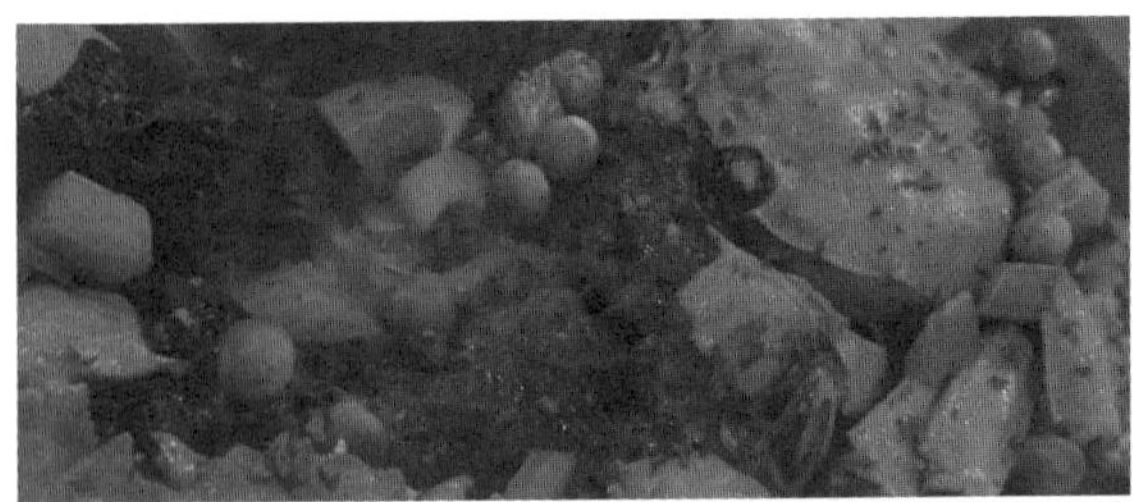

「ラ・プラーヤ」のかにのパエリア

だろうなあ。

私は最後まで、搾取だけはしなかったこと、共に働く人を愛していたことには自信があります。しかし、搾取したくないあまり、宗教の村みたいな経営概念になっていたことは否めません。

実はそれでは結局だれにとってもよくないことなのであります。

わかっていてもどうしても人として英断できないまま、宗教で進めてしまいましたね。

私の知っているいい経営者はみんな会社の大小を問わず「下町のおやじさん」みたいな人ばかりで、「自分がこれだけ泥をかぶってるのは社員のためで、俺がかぶればみんな笑顔になるわけだから本望だ」っていう人ばかりです。

私は自分の小説に関しては、まるで自分の子どものごとく背負って立つ気持ちがあるのですが、自分の会社に関しては人もしょっちゅう入れ替わるし、サポート以外してもらえる要素が少ないしで、どうしてもそこまで思えませんでした。それから、うちにいて良くなっていく人というのは稀（いないわけではなかったのが救いです）で、だいたいはその人の良さが死んでいくのです。人のために自分の時間を捧げて働くって、よほどの気持ちで参加していないと、そういう面があるということなんですね。

てなわけで、長い間ニセ経営者をやってきましたが、私はとことん「得したい」（おいしいお米をもらったらひとりじめすることとかはあったけど）がないまぬけなので、かといって親分肌でも全くないので、ほんと〜うにだめでした。

だめだというのになんとか続けさせてくれたバイトの人たちと神様に感謝するというか、奇跡だと思います。

というのは、私の職種だと生産しているのが私だけ、それがより売れたら「利益」が出るのは私と出版社とエージェントだけ。つまり私のアシスタントには利益が特にない。

残業が多くなると時給が上がる、ということだけなら、どちらかというと仕事がだらだらすることに結びつく可能性が高い。

つまり仕事の喜びの根本である「たくさん働けばお金がもっともらえる」を感じにくい。

では、自由時間を長くしたらいいのでは？　と思ったのですが、それも違ったのです（それで喜んで大胆行動するのは私のような人間だけで、だからフリーランスになれた）。

つまり「自分の時間を公に捧げて、自分以外の人からお金をもらう」ことの本質を解決しない限りは、むりなんだなあと心から納得した次第です。

かといって生産者は増やせないし、自分の思いつくところとして「他の作家を事務所に入れるとか？」とか「これを売り込んできたらいくらあげますよ、という感じで鵜飼いの鵜のように働いてもらっていろいろ楽しみながらお互いに金銭を融通していく」などというまくいきそうな企画を少しでも考えると、「そんな時間があったら小説書きたいよな」というだめだめループに入るわけであります。

これでは全くだめであります。

経営をやめることができることになってやっと「枕を高くして眠れる」と思いましたし、「働く→そのぶんお金が入ってきて生活が楽になる」というシンプルさに戻れます。

どんなに忙しくても、仕事が減ってしまっても、淋しくても、そこに戻れるということがもうダイヤモンドのきらめきくらい嬉しい。ミュージカルのように歌い踊りながら街を走りたいくらい嬉しい。

「なんでそんな向いてないいやなことをやってたんだ？」

「バカだったから」「一緒に働く人たちがすてきだったから、夢を見たくて長居してしまった」「どうすればいいかものすごくよくわかっているだけに、したくなかった」

まあ、半月後には半泣きになって、だれかに「手伝って」と言ってるでしょうがね！

というわけで、私の姿は多分世の中からほとんど消えてしまいますが、私はここでこれからもこうして地味に記事を書いていますw笑。

それから小説を書いていきます。

フリーランスの人がなかなか信用してもらえないから、なんでもいいから起業したほうがいい時代なのは確か。でも、経営とはなにかをよく知らないと、私みたいにずっと間違ったことを続けてしまいます。

とにかく経営者とは、部下を鼓舞してその人の良さを発揮させつつ、自分はその数千倍働きたい人のこと。

自分はそうであると信じていましたが、しょせん作家は創作者。そちらにウェイトがかかっている限りは夢物語でありました。

人生折り返しの五十代だし、また新しい夢を見ようと思います。

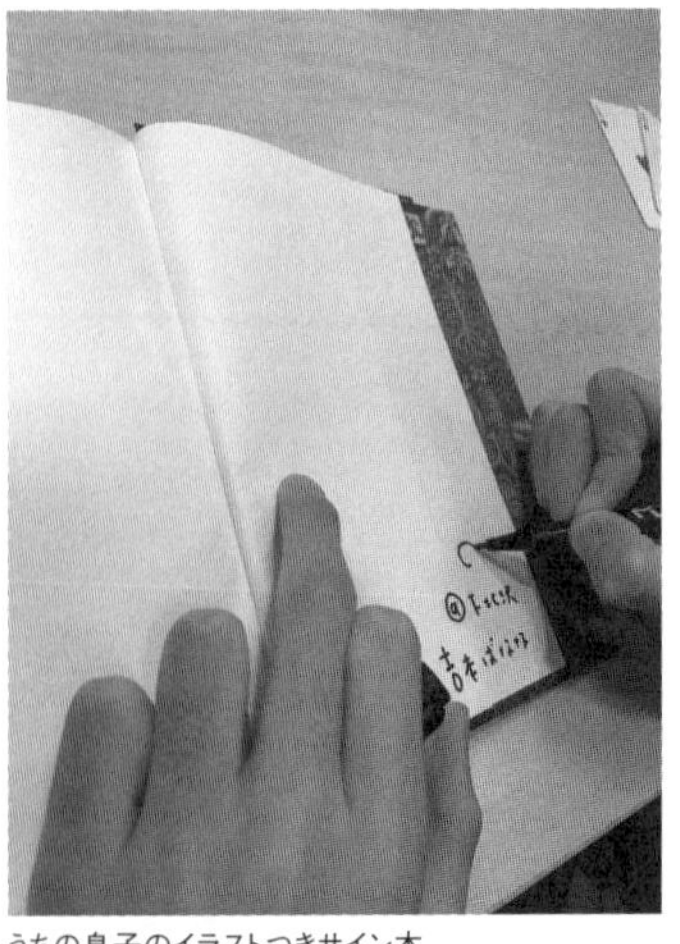
うちの息子のイラストつきサイン本

◎どくだみちゃん
いつまでも見ていたかった

せっかくの夏休みだし今夜は空いているから飲みにいこうということになって、おいしいもの大好きな事務所バイトの人たちと、フレンチを食べに行った。

小さなビストロだけれどどんなすごいレストランよりも、味つけのよい料理が出てくるそのお店で、おいしいものを食べながらワインをどんどん飲んで、かなり酔っ払っているのにその人たちはなにをしゃべっていても、恋の悩みでもなくぐちでもない、このところの仕事の話をしてしまっていた。

何回話を戻しても、いつのまにか全員が仕事の話をしている。

「この仕事がもう少しこうなると、担当者がこういうことを言い出さないのに、なんとか流れを変えられないものか」

「もう少し作業を円滑にするには、これを削った方がいいのではないだろうか」

という類の話になってしまう。

酔っている私にはその人たちの顔が夢のように美しく見えた。

うっとりしてしまい、自分は幸せだと思った。

ここまで来たからもういいかな、そうも思った。

がむしゃらにやってきて、成功率がほとんどゼロに近かったけど、もういいや、自分よよくやった、そう思いながら、

うっとりと彼女たちの顔を見ていた。

話もあまり聞かずに。

聞いてない時点ですでに経営者失格だ。

でもいいや、小説を書こう。ただただ文章を書こう。

そう思いながら、カウントダウンの響きを感じていた。

きれいなカトラリー。美しい料理に合わせた完璧なワイン。

いましばらくは酔っていよう、そう思った。

これから嵐が来る。

その後に来るすばらしい晴天まではしっかりと新しい小さな船の舵を取ろう。

「スガハラフォー」のサーモン

◎ふしばな

サガ

たとえばあまり親しくない人の子どもが、一緒に食べたランチの席で迷子になるとする。

そうしたらきっと、さほど親しくないということは関係なく、その場にいるということによって、単にそれまでの時間を共有したことによって、

私はきっとその子を必死になっていっしょに探すだろう。

これが人間のくせなのだ。

このくせを利用しようと思ったら、いい経営者になれる。

でも、だからといってすごくいい経営者になることはできない。

ほんとうにいい経営者っていうのは、大企

業でも、中小企業であっても、小さな店であっても、

「公に益があるために生きる、人類の善なる姿とはどういうものか」

を常に体現しようとしている。

たとえていうならウォーキング・デッドにおけるリックのように。

人間だから揺れたり苦しんだりする。

だからそこには必ず安定した妻なりパートナーなり家族なりチームなり……が存在する。その存在が彼らをワンマンには決してさせない。

そんなふうに支える才能というものが、自然に引き寄せられてくる。

さて、それでは、

「自分で看板を出したり、矢面に立ったり、性格的にそれはしたくない。しかし自分の才能や向いていることを公のために役立てたい」と思うような人はどうしたらいいかというと、

・経営者がだめなら、自分の生活を優先し、最低限プラスアルファ働く（経営者はどんなにだめな人でも、なぜか社員が最低限の仕事しかしていないとすぐ見破るので、そのプラスアルファが長く働くためにはほんとうに大切）

・経営者が面白い人物なら、全てをかけてみる

くらいしか言えることはない。

が、そのどちらかにしないと、結局は自分の時間を安売りしていることになり、とてもつまらないことになる。

それから、あえて誤解を恐れずに言うと、

女性というものは、その本質からして、めったなことでは経営者には向いていない。もちろん常に例外はあるし、ブレーンがいい場合は別。

　私のいとこのまりちゃんはブラジルワイン[*12]の会社を経営していて、稀に見る「このまま育っていけば、そしていいブレーンがいて、その人の言うことを聞く気さえあれば」いい女経営者になれる、という、全員が経営とかそういうことはダメダメな思想の持ち主、吉本家の一員とは思えない珍しい人物なのだ。

　彼女は私の両親が死んだとき、事務的なことが全くできない私たちのためにさっそうとやってきて、手配から寺とのやりとりから区役所の書類関係からみんな手伝ってくれて、法事の会場まで手配してくれるというすごい人物で、そこに「心からの感謝」さえあれば報酬も求めないという、今どきなかなかいない立派な人物。

　こういう人こそが、下町の親分的な会社を続けて、小さなつながりを人柄でどんどん広げていって、そういうところから日本の一般市民の経済がよくなる方向になっていったらいいのになあ、と昭和の夢をまだ見ている。

　兄貴[*13]のおっしゃるように、それがいちばん日本人に合っているような気がする。

　中小企業のおやじさんたちは、やっぱり日本の経済の細いけれどとても重要な血管だから。

三茶

いつもたくさん咲くオレンジの花

粋

◎今日のひとこと

菊地成孔さんの「粋な夜電波」の書籍。

その前書きに「この番組は音楽のためにあるから、活字で読んだだけでは不完全である。ぜひ本編を聴いてほしい」というようなことが書いてあったので、初回からこつこつ聴いてみています。

すっかり洗脳されてしまい、文体まで変化しそうです。頭がいいって、ほんとうにすばらしい。賢くて面白いって孤独から人を救うことなんですね！

実は私は音楽にかなりうとく、生活の中に

ご神木

さほど音楽を必要としないのですが、この番組、もちろんトークは最高だけれど、これだけ音楽と愛し合っていたら人生違うだろうなあ、としみじみ思うようなすばらしい選曲なのです。

私は本とさえ、ここまでは愛し合ってないかもしれないなあ。

天才的な頭の回転から得た知識をどんどん惜しみなく、決してセーブしないで出し続ける菊地さんはものすごく粋だなあ、と思います。

昔から彼の本、彼の言葉に触れているとき私は決して退屈しません。毎日の中で磨耗したり疲弊している部分が息を吹きかえす感じがするのです。

ということは、ふだん「このくらいでいいか」「このくらい面白ければいいか」というところでいかに満足しようとしてがまんしているか、というふうに思うのです。

今でも忘れません。前の家に住んでいて気持ちが腐りきっていたとき、私は彼の「スペインの宇宙食」[*14]を手に取り、また棚に置き、でも気になってまた手に取り、買って帰り……。

そこには、私とは微妙に違うのに全く同じ生き方の自由の風が吹いていました。感動してメールしてさんざんおちょくられたのも最高の思い出 笑 !

確かに退屈は大切。ほんとうの退屈は脳の休息になります。

たとえて言うなら、台風で閉じ込められた旅先、やることがなくてホテル内のカラオケに行ったりTVで映画を観て、お風呂にゆっくり入ったり、場所がよければ温泉に行ったり、窓の外のものすごい天候を眺めるときみたいなもの。それは退屈を楽しむしかない豊かな時間。

退屈と気づいてない退屈こそが、人生をゆっくり腐らせるなとしみじみ思うのです。

ある日の青空

◎どくだみちゃん
大きな力

台風に閉じ込められたホテルの窓から、

向かいに見える小島に頑丈にくっついていた装飾の電気がメキメキと壊れて落ちるのを見たことがある。

もちろん音は聞こえてこない。真っ暗闇に風がごうごういう音ばかり。

でもまるで聞こえてくるようだった。

巨人の手でみかんの皮のようにむしられ落ちていく鉄の塊。

知り合いのお嬢さんの話。

ずっとまじめに働いてきて、

どんなに疲れていても人に良かれと思ってがんばってきて、

なんのずるさも欺きもなく普通に交際して結婚相手が決まって、
でも遠くにお嫁に行くから飼い犬を連れて行けなくて、
だから実家のお父さんとお母さんが飼ってくれる。
心細くて、でもこれからの楽しみもあって、全部が新生活の中に全身で飛び込んでいく。
今どきこんな人がいるんだというような、そんな素朴な人生。
自然の流れに決して逆らわず、感情的にならず、無理に留まらず、行く先々で根を張って咲いていく花のような。
私はずっとその力……若い女性が当然歩くはずの人生に向かう道……を歩かされることを拒んできた。

そして自分の道を自分で拓いてきた。
でもその中にもやはり小さな竜巻や渦巻きがあった。風の強弱があり、流れの速さも毎日違った。それをちょっとずつ読みながら、道を決めた。
まかせられなかったからスケール感が小さくなったのだとも思えるし、だから満足度が高かったのだなとも思う。

そんなふうに流された先で立派に咲ける人を私はうらやましく思うけれど、
ポジショニングを拒んできた自分の大きな目で見れば小さなこだわりをつまんないなと思うけれど、結果オーライだし悔いもない。
今はただ、なにも考えずにアンテナの向く方へ進むのが楽しい。

流れに乗って生きるタイプの人も、あるときふっと力が抜けてその気持ちになるのだろう。

やり方が違うだけで、人生の果実は結局はきっと同じものなのだろう。

魚をなるべくいじらずにさっと捌くみたいに、

肉を何回もひっくり返さずに炎の様子で焼き加減を測るみたいに、

最小限に時期を捉えて動くことがなによりだ。

人生をぐちゃぐちゃいじくりまわして考え、行ったり来たりしながら結局動かないでいるのが、数歩進んでまた考えたりするのが、きっといちばん疲れる。

中途半端は息苦しい。大人が小さい子が歩いてくるのを同じ場所で待ってるみたいに、小さな火で水からお湯を沸かすときにはただ沸くのを見ているしかないように、神様は中途半端な状態がいくら続いたって「どうぞどうぞ、あなたの人生ですからご自由に」と待ってくれるけれど。

大胆に、細心に、タイミングを計って。

動くのはやっぱり風通しがいいんだと思う。

ずっと唯一だいじにしてきたのは「粋かどうか」「かっこいいかどうか」「笑えるかどうか」そうしたら人生が私をちゃんとここに運んでくれた。

オレンジのバラたくさん

◎ふしばな
いちばんかわいい人たちのために

　この世は自分たちが思っている以上に、経済のゾーンだけでいろいろなことが決まっている。つまり意外に選んでいないし、選べないものだ。

　成城石井をメインのスーパーにしている人と、まいばすけっとの人では、ライフスタイルも買うものも全く違う。もちろんどちらが悪いということはない。違うというだけだ。

　そこまではっきりしていないのでわかりにくいが、アメリカにおけるウォルマートとホールフーズの違いもそんな感じ。

　私は明らかに自分の好み（和食寄りではないし、ビールとワインが好き）が決まっているので、自分がどのゾーンにいるかははっきりわかっている。まあ、ぶっちゃけて言えば上の下だろう！

私の父は心から中の上のラインを好んでいた。当時はまだ生鮮食品の小売店がたくさんあったし、そこでの個人のつながりがあったからだろうと思う。もし父が今の時代に現役の主夫だったら、いったいどこに行くのかなとたまに考えたりする。

ライフスタイルが決まっていく理由というのもわりと簡単なことで、何人暮らしでどこに住んで何の仕事をしていてお給料がいくらでどんな間どりの部屋に住んでいるかということだけでもう、だいたいどういう生活になるかの幅がわかる。

いただきものだけで調理し、昼はお茶を外で飲めないくらい忙しかったりすると、一週間さいふの中のお金を二千円くらいしか使わなかったりすることもあるむちゃくちゃな私は、取材のためにそれぞれのゾーンを行ったり来たりしているので、まるでカラスみたいに人々の暮らしがそうして定まっていく様を眺めている。

多分日本の若い世代の多くを占めている人たち、大都会か小都会に住んで週に五日働き、大きなスーパーで食材を買い、夜はＴＶを観て、ゲームをして、自分の好きなジャンルの懐かしい音楽を聞き、だいたいユニクロの価格帯の服を買い、伊勢丹よりはルミネのお世話に多くなり、ワンルームくらいの部屋に一人暮らしをしている、お給料が月に二十万円台のお嬢さんたち。イメージとしてはワカコ酒のワカコさんみたいな経済ゾーンの人たち。

きっとアマンリゾートやリッツ・カールト

ンには泊まらないし、ホテルの上階で鉄板の上で肉や伊勢海老を焼いて切ってくれる感じのレストランにもめったに行かないし、グリーン車にも基本乗らないであろう若い世代。

私のゴリゴリの読者はたいてい、もう少し偏ったライフスタイルをしている感じがする。同じ経済状況でもどこにお金を注ぐかによって全然違うのだ。稲垣えみ子さんほどには変わっていないとしても、それぞれがこだわるポイントにお金をかけて、他に全くかけないというような人が目立つ。

でも、私はその「中間ゾーン」いわゆる普通と言われるところの人たちに、作品を常に開いていいたい。

なぜならやはり「普通の人」なんてこの世にはいないから。たったひとりの個人に、小さいときにそれぞれが特殊な持ち味を持って暮らしていた頃に心だけでも戻ってほしいから。

そしてだいたい決まっている生活の中であるときふっと、

「空いてるから朝八時にスーパー行っとこう」とか、

「おもろいから今週は同じお金で米抜きメニュー」とか、

「今週は激安外食のみで行こう、そのかわりに晩ごはんは夕方五時もしくは夜十一時」

などなど、なんでもいいからゲームのようにやってみると（食いしん坊なので食べ物の例ばかりだな）、あれ？　思ったより人生ってすぐ風穴あくじゃんと思う。

もし周囲が気になり、あるいは疲れ果ててそんな行動ができなかったとしても、そんな時間を小説で味わってもらえたらな、と思う。

そしてなにか選択肢が目の前に現れたとき、私がいろいろな人の創作で励まされてそうしてきたように、私の小説をふっと思い出して「やってみようかな」と小さな冒険をしてくれたら、嬉しい。

文京区の空

めずらしいお酒らしい

茶、茶わんむし

ごきげんな毎日

◎今日のひとこと

なんで君はそんなにいつも考えすぎてるんだ、と欧米のサイキックに仕事で会うと必ず言われます。

とりあえず、「考えるのが仕事なんだよう」と文句を言って帰ってきます　笑　！

でも確かにそうなんですよね。

行動の元になっているのは体の感じる感覚と、勘だけ。

なのに、そこにどうしても理由を考えて重くなってしまうのです。

軽くなっていきたいし、考えてもしかたない。

ふなっしーファンクラブのカードとか

「あなたの頭、考える、考える、いっぱい考える頭ね！」

私の頭をマッサージしながら、歌うみたいにそう言って笑ってくれたバリのヒーラー、イダさんの優しい声を思い出して、今年は軽く軽く行きたいものです。

もみじ

◎どくだみちゃん
うまるちゃん

ほうっておくとすぐ部屋がぐちゃぐちゃになって、
片づけようとするとついまんがとか読んじゃって、
お腹がすいたからついポテトチップスなんか食べちゃって、
それで喉が渇いて、コーラではなくビールを飲んじゃって、
満腹で寝ちゃって顔がむくんだりして。

でも友だちの前ではちょっとしっかりもののふりなどして、
友だちはみんないい人で、それぞれが思いやりあっていて、別れ際にはいつも胸がきゅんとなる。
レズっぽい人、おたく、内気すぎる上に自分のお兄ちゃんに片想いしているめんどうな人などばかりなんだけれど、みんな深く考えたりゆがんだ行動をしないから仲良しで大好きでいられる。

家に帰ったら全てのアクセサリーやブラジャーやヘアピンなどを一気に勢い良く脱ぎ捨て、淀川美代子さんや松浦弥太郎さんに怒られそうなどうしようもないデザインの古びたトレーナーを着て、
ごろごろだらだらしていたらいつのまにか寝てしまって、はっと起きたらもう真夜中で。
しょうがない、起きて本でも読むかな……
みたいな生活が理想。

家の中には「お兄ちゃん」がいてくれる。親がいなくなったあとでも、「お兄ちゃん」がいてくれる。

家事もいっぱいやってくれる。

「お兄ちゃん」は絶対私を嫌いにならない。なにをしても許してくれる。そんなだらしなくしていても、すごく怒りはするけど好きでいてくれる。おいしいものを買ってきてくれる。

書いているだけでちょっと泣きそうになるっていうことは、私はうまるちゃんの世界に住みたい、あんないい人ばっかりの世界を信じてる、子どもの心をまだ持ってるってことだな。

それはばかみたいなことだけれど、ちょっといいことだ。

魚のはし置きたち

◎ふしばな

なんでみんなそんなにも縛りたい？　不安だからか

　私がいちばん苦手な日本人の動きは、なにかと「会」にしたり「定例化」しようとするところだ。

　なんだろう？　フリーメイソンへの憧れ？　イギリスの社交界に影響を受けてる？

　私も「またこの会を開催しましょう！」なんてよく大声で言っているので、自分も悪いのだが、私の場合はただ言ってるだけだから（もっと悪いよ）。

　しかもただ友だちとカレーを食べに行くのにまで会をつけてるしね。

　その気持ち自体はもちろんわからなくもない。

　たとえば美容院。とてもカットがうまい人がいて、その腕を信じていて、それでも外国でいきなりばしっと切りたくなることとか、ふらりと行った街のほとんど床屋みたいなところで超短くしたりしたくなることがあるではないか。それが人生だし、人生の喜びだ。

　でも「前回は他のところに行きました〜！」と珍しい頭で入っていって喜ばれることはまずないし、すごいところだと「次回はこういうふうにしましょうね」「いつ頃来れますか？」なんて暗に約束を求められることさえある。

　そうでないところにしか最近行ってないから、今はすごく気が楽だけれど、昔地元にいた頃はそれが息苦しくてしかたなかった。

　私の髪の毛も、私の人生も、私のものなの

に。なんでいつの間にかレールが敷かれるのだ！

大げさだけれどそう思う。

それを思い切り無視することが、自由につながるのではなくて、人を傷つけることにつながっているなんて、とても信じられない。

……と思っていたら、ゆりちゃん[*15]も少し前のあるときにほぼ同じようなことを美容院に関して書いていて、ものすごくうなずいた。

来週も会えるかな？　もしかしたら会えないかもね。

そういう気分で、また会えちゃう。

会えて嬉しいね！

そんなのがいちばんごきげんだし、ごきげんでいることはそうとうに大切なことだと思う。

ちらしずし

気の力

◎今日のひとこと

「うわあ、これほんとうにYちゃん？　信じられない！　太ってるし！　顔も違う！」

昔の写真を整理していたとき。

「この頃のママ、痩せてるね」を百回くらい言った後、昔シッターさんをしてくれていたYちゃんのうんと若い頃の写真を見て、息子がそう言いました。

彼女は激しいダイエットをしたわけでもなく、甘いものを食べるのをやめたわけでもありません。

ただ、生き方を変えただけでした。

彼女はパリに行って、ほんとうに彼女に合

奈良

っている、したい暮らしをしたのです。

ただそれだけ。

そうしたら自然に痩せて、恐ろしいほどセクシーできれいになったのです。


なりたい体がありトレーニングしてしぼるとか、痩せたくて食事を減らすとかって、どうしてそんなに長続きしない（必ずリバウンドする）のかというと、やっぱり体や心に対して「圧」が大きいからでしょう。圧を解消するために、人間の心身は無意識に逆のことをしようとします。

前述の彼女が自然に痩せて、それから二度と太らないのはやはり、自分のしたい暮らし、ありたい状態を実現させたからではないのかなと思います。

その状態でなった体型がその人の自然な体型だということだと。

私の知り合いで超美人でスタイルもよくセクシーでモデルをしていた人がいるんだけれど、真冬でも一番下には袖のある服を着ません。かっこよくないからと言ってレギンスもはかない。

なにかの必要で半袖のシャツなど着なくてはいけないときになると、彼女の輝きはしゅっと縮んでしまいます。

「肩を出してないと力が減る気がする」

その気合のようなものが、美と関係しているのは間違いないですね。

奈良の落葉

◎どくだみちゃん

豆餅の列

こんなに長く立って並んでいるのに、なんでいやじゃないんだろう。

それはショーケースの向こうで働く人たちがほんとうに庶民の味方だから。たったひとつの豆餅を買っていく人をおろそかにしていないから。

みんなはしゃいでもいないし、いらいらもしていない。

あたりまえの話。

保険の仕事をしている人に聞いた話。

「たとえ三万円の保険契約でも、三百万円の人でも、全く同じに相対するし、同じ時間をかけますよ。それは当然です。でもやっぱり三百万円のときのほうが、自転車こぐ足がうきうきしますけどね！」

　それが人というものだろう。

　でもあの豆餅がいっそう特別なのは、二十個の人と一個の人を、心からほんとうに全く同じに思っている、もうそんなところはとっくに超えてしまって自分との戦いしか残ってない段階だから。

　しかもそのことを当然と思う域に入っている「商売」の神様の雰囲気が伝わってくるからだろう。

　真っ白い光と湯気と真っ白い餅でいっぱいのあのお店の中から神々しい何かが伝わってくるから、並んでいてもちっともつらくない。むしろずっと眺めていたい、あのてきぱきと働く人たちを。

　あの日、列は二重になっていて、豆餅はどんどん運ばれてきた。

　半透明の餅にちょうどよく、まるで星みたいに散らばっている豆の黒。

　私はほしよりこさんの「山とそば」を読みながら、並んでいた。

　そして川の気配を感じていた。

　その全部がしみじみと幸せだった。

うちのカメの温浴

◎ふしばな
あきらめた日、あきらめなかった日

冬になるといつも思い出す。

父が亡くなる一年くらい前のことだった。

父はいつも私の家族の前では元気そうにふるまっていたが、その夜、父のいる和室をのぞくと、父が入れ歯を思い切り外して寝ていた。

その寝顔を見たら、父がいかに私たちの前で若々しくがんばってふるまっているかよくわかった。

帰りの車の中で、私は涙が止まらなかった。いろいろなものが、崩れていく、終わっていく、その瞬間に立ちあっている、そんな実感が湧いてきたのだった。

私は父に永遠に生き続けてほしいという自

分の強いエゴをあきらめたのだと思う。

そしてあきらめなかったこともある。

父がこの世にいた最後の冬、私が京都から車で直行してあの有名な「出町ふたば」の豆餅（賞味期限が当日）を届けたら、これはうまいなあと言って小さくちぎりながら二個も食べた。

人生最後の豆餅だったと思う。

私はあれからずっと、ふたばの職人さんたちがあんなにも美しく優しくお餅を扱うことに感謝し続けている。パックにつめるときのあの手つきは芸術的だ。

あの日、私もそうだけれど運転していたはっちゃんもへとへとだったはずなのに、午後に京都を出て、ひたすら東京を目指して、もうこの際、せっかくだから父に今日じゅうにこれを食べさせようということにして、よかったと思う。

恐怖は常にあった。入院してくれると逆に安心なくらいだった。家にいると「次はどんなきっかけで倒れるのか」を考えてしまうのだった。その恐れの暗さを今も忘れることはできない。父に関してもそうだった。だんだん父がこの世からいなくなっていく、こんどはどうなって救急車に乗るのか、それを考えると恐ろしかった。

希望的な観測とか自分にあてはめているのではなく、人生ですっとばしてきたなにかは、全て最後に自分に返ってくるのだと思う。それに父はまっすぐ向き合っていた。向き合いすぎるほどに。

「だいたいのことはわかった」と人生が最後

の一ヶ月を切った頃に父は言った。あんなにわかりたくてしかたがなかった人生だったので、わかったと言われたとき嬉しいよりも悲しかった。

父の死に方は、様々なことのさじ加減というか分量を私に教えてくれた。

だからどう生きるかというところまではまだ至っていない。

ただ、あの寝姿を見た日「父は永遠に生きるわけではない、もうすぐなのだ」と自分がほんとうに納得した日に、私は大きな学びをもらったように思う。

もう座っていられないほど車に乗ることに(はっちゃんは運転だからもっと)疲れていたのに、あと一時間をがまんしてふたりで届けたこと、それはいやながまんではなかったから、そして喜んでくれるかどうかもわからないのに、あまり勢いもなくふっと「せっかくだから実家に寄って届けてみよう」と話し合ったときに、小さい光がキラッと生まれた。

そういう瞬間をひとつひとつ外さなかったなら、人生はやはり愛に満ちているようになる。その生き方は不可能ではないと思う。

京の夕空

京の池、多分宝が池

ピコーンと

◎今日のひとこと

　涙せずにはいられない悲しいことがあり、しょげながら歯医者さんに行ったらいきなり全面改装がなされていて、ほぼ十五年通った懐かしい場所が全く違う場所に生まれ変わっていました。先生と奥様が嬉しそうだったので私も嬉しくなったけれど、ああ、いつのまにかたくさんの時間が流れたんだなとすごく驚きました。

　そのあと、上馬というところに住んでいたときは電車でも車でもいちばん近かったデパートである、玉川髙島屋に買い物とごはんを

写真は、うちの子が描いた私。夜中に「ママ！　今奇跡が起きた！　ママを描いてたら絵に魂が宿った！」と言いながらこの絵を持ってきたのだが、確かにすご〜く似ていると思う

食べに行きました。

　玉川髙島屋に行ったことがない人には想像してもらうしかないのですが、年末のあの場所には独特のにぎやかさがあるのです。

　原マスミさんが名曲「アイス！　アイス！　アイス！」で「君の手袋と明日の朝のパンと来年のカレンダーを買おうよ」と歌っている舞台のようなデパート。

　切ないような悲しいような、でも人生って豊かだね、また一年が過ぎたね、夢を見ていってね、て夢を売る場所なんだよ、デパートってそう言われているような気持ちになる場所。完璧な照明、きれいなフロア、美しい商品たち。

　子連れで行けて、足りないものを買う用事も済ませられて、きれいに並んだ服や雑貨を眺めるから目も楽しくて、最終的には食事もできる、おおよそ月に二回くらいの空き時間、贅沢な娯楽の時間を、ほとんど私はそこで過ごしていました。

　言い方を変えれば、電車一本で行けて、帰りは大荷物を持ってそのままタクシーに乗れるというのが便利すぎて、他に行く体力がなかったというか。

　だからこそ、濃密な思い出の空間がそのまま保存されてしまったのでしょう。


　玉川髙島屋はこわいくらい変わっていなかったのです。お店が少し入れ替わったくらいで、全く変わっていない。行き交う家族づれや人々さえも同じに見える。

　引っ越してすっかり行かなくなっていたので、急にタイムスリップしたみたいな気持ちになって、あの日にいっしょにいた小さな男の子、ママなしでは数分も過ごせないくらいいつもママにくっついていた男の子の小さな手を急に思い出して、胸がいっぱいになりました。

あの日々はもう戻ってこない。一生、絶対に。

あんなありふれた日々だったのに。

帰りの車の中で私は泣き出してしまい、なんで人生ってこんなにいろんな悲しいことがあるんだろう、なにもかもが終わっていく……という気持ちになってしまいました。

そのときふいに、全く予想していなかった形で頭の中に、今日初めて入った新しいお店のおいしいスパークリングワインや、歯の治療の痛さにふらふらする私の肩を抱いて奥様といっしょに新しい院内を誇らしげに案内してくれた先生や、最近知り合った人たちの顔が、ピコーンとひとつまたひとつと立ち上がってきたのです。

感傷はどんどん消え、今このときもまた、未来にはかけがえのない一生戻らない今になるのだと、そのピコーンが教えてくれました。

子どもの手

◎どくだみちゃん

あなたの背中

今日一日どんなことがあったのかは話さない、話し合わない。

ただ、背中をなでる。

初めは揉んだり押したり叩いたりお灸をしたりしていた。

でも最近はさっとなでたり手を当てるだけ。

それなのに前よりも、なにかしようとしていた頃よりも整う感じがする。

彼がたいへんだった日はじわじわと何かが伝わってくる。それを体に入れないように、手を水で洗ったり蛇口を握って逃したりする。

なにかが流れていく。一日の澱みたいなものが。

この背中をなでることができるのは、あと何十年くらいだろう。

一日でも長く、この、いつもの家に住んでいたい。

ここを出るとき死体で出るのか、生きてもっとこぢんまりしたところや施設に移らざるをえないのか、それはだれにもわからない。

今からの毎日の生き方によるのだろう。

でもなによりも一日でも長く、この背中に触っていたい。

この人の子どもの頃を知らない。この人が愛してきた女性たちも知らない。

でもそんなことはどうでもいい、今目の前にある、今日の背中。

痛みも深すぎる感情も執着もなく、無心で手を置きたい。

実家の前の道、ちらっと猫と姉

◎ふしばな

お医者さんを選ぶって

昔、近所の歯医者の予約をして向かう道の途中で、迷い犬を保護した。

近所の獣医さんにとりあえず連れていって預かってもらい、結局飼い主が見つかったそうなのだが、予約に十分遅れた。

電話をして事情を説明し、遅れて診察室に入るときに先生に「遅れてごめんなさい、道に迷い犬がいて保護しておりまして」と話しかけたら、彼は「はあ……」と虚ろな返事をした。ゾンビのような歩き姿（いや、食べたい！　という欲においてゾンビのほうがまだ活気があるかも）だった。

案の定、治療をちびちびやって何回も通わせてお金を取るパターンの先生で、診断もめちゃくちゃ。でっかい虫歯を見逃していたし。

そこに通っているというその頃の大家さんのおばあちゃんに聞いたら「いいところは近いってことだけ、すごく下手くそよ。でも私はもうすぐ死ぬから別にいいんだけど、若い人は行かないほうがいいと思う」とおっしゃっていて（あらゆる意味でなんてすごい発言だ！）、即行くのをやめて、今通っている前述のすばらしい先生のところに移った。

立ち居振る舞いで把握できる自分でよかったとほんとうに思う。

わかりたくない、見せないでくれ、と思うこともある。

昔、炎症をくりかえし起こすケロイド治療をレーザー一発で決めてほぼ治してくれた先生は、ほんとうにシャープな人だった。

どこにどのくらい当てるかを見極めている様子が頼もしく、この人にならまかせてもいいと思った。

そのあと、週一で来ていたその先生が来なくなってしまったので、やむなく行った某有名な先生のところ（化粧品を作ってそれがバカ売れしていた）は、ほんとうにてきとうだった。すぐ決断させないとお金が入って来ないから、ろくに調べずに、ほぼ患部を見もせずに、治療しようとした。今日は一箇所でいいです、と行って逃げ出し、予約も強引に取らされたが二度と行かなかった。向こうから電話もかかってこなかった。もしも私が職業を明かしていたらそうはいかなかっただろうと思う。

命に関わらないジャンルのお医者さんって、よほどちゃんと見極めて自分でもコミットしないと、逆にヤバいような気がする。

知りたくなかったなあと思うのは、あるクリニックの受付の人が、とにかくえんえん「今月の先生の夜の会食の予約」をしているのを全部聞いてしまったときである。

いい先生だったのだが、聞いていると銀座のクラブ、六本木のレストラン、相手も超ゴージャス。秘書は「先生私も連れてってて～ん」などと言い、仕事が終わると毛皮などはおっていっしょに出かけていく。

なんだか、なんだかな～と合わなく思って、離れてしまった。

でもその先生の実力は、私が採血されていたとなりの部屋で、肺がんの可能性があると診断されたと思われる老年の女性が「なにがなんでも登山をやめたくない、生きがいなんです、どうか登山をやっていいと言ってくれ」と懇願しているときに、やめろでもなく、続けろでもなく、ただ優しくしかしきっぱりと「ちゃんと診断が出てから、ゆっくり考えましょう、治療がいちばん優先ですよ」と落ち着いておっしゃっていたことで、よくわかった。

西洋医学の名医は、たとえ趣味は合わなくてもやはり名医だなと思わずにいられなかった。

今のうちの近所の小児科と内科の先生は診断が常に的確で、私の高熱や炎症にいつでも適切なタイミングでいい判断をしてくれた。今もそこに通っている。

もうひとりのかかりつけの先生は、専門は麻酔で最低限のしかも絶妙な組み合わせでの薬の出し方からわかるかなりの名医なのだが、見た目は全くアメリカ人。でも実は多分ハーフで日本語がとてもうまく、一度熱が出てきてもしかしたらインフルエンザかもと思って行って検査をしたら、すごく悲しそうな顔で暗い声で「あー、残念だけどあなたは……インフルエンザだったんだ」と言われた。

私までしょんぼりしてしまうような顔だった。

ここにもまだ通っている。

もうひとり、忘れがたい小児科の先生がいる。

子どもを外に出すから風邪を引くんだ、冬は絶対外に出してはいけない、まさかデパートに連れて行ってないでしょうね！　と真顔でおっしゃるおばあちゃんで、冗談だと思っていたら、本気だった。

その頃うちの上に住んで同じ病院に子どもを連れていっていたトータス松本さんの美人の奥さんに「外にさえ出さなければ病気にならないって真顔で言われたけど、むりだよね」と言ったら、奥さんも「いや、ほんとうにそうみたいですよ、だって、お嬢さんもお孫さんもほとんど外に出ないまま育ててるって言ってましたもん」と驚いた顔で言ってい

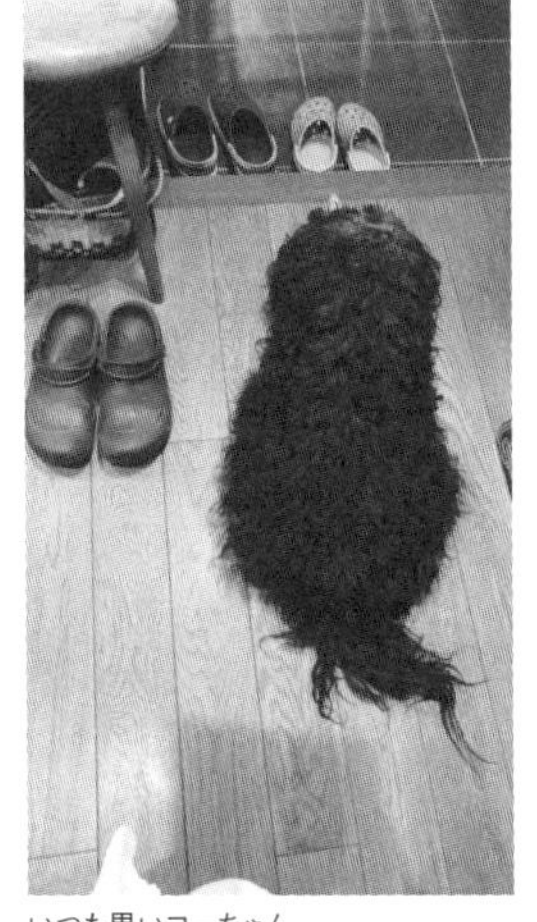

いつも黒いコーちゃん

た。

確かにそうかもしれないけれど、すごくむつかしいことだと思う。

アイスケーキ

結実

◎今日のひとこと

　昔、千駄木に住んでいた頃、毎日のように通っていたお蕎麦やさんがありました。
　老舗なのに気さくで、お店は古いけれど清潔でていねい。
　白めの二八蕎麦もとてもおいしく、つゆの甘すぎないところも好みでした。
　十回くらいひとりで通った頃、ご主人が江戸っ子っぽい口調で言いました。
「食べ方を見りゃわかるんですよ、あなたはほんとうに蕎麦が好きな人だね！」
　私は名乗ってもいないし、近所の若者として通っていただけなのに。

名古屋のにぎわい

「よかったら見ていって」とそば粉を挽く機械まで見せてくれました。

お蕎麦を食べていると「ただいま～」と小学生くらいの男の子が帰ってきました。

「後継までいて頼もしいですね！」と私が言うと、「まだ子どもだもん、この店も古いし、どうなるかわかりゃしないよね。そうなってくれたらいいとは思うけどさ！」とおじさんは言いました。

やがて私は引越し、営業時間が短いそのお店にはなかなか行けなくなってしまったのですが、蕎麦好きなことには変わりなく、近年のある日、西麻布の「たじま」[*16]というおいしいお蕎麦やさんに数回めに行ったとき、若いおかみさん（多分）に、「わかっていていらしているんですよね？」と急に声をかけられました。

「なんのことですか？」と私が言うと、その女性は笑顔で、

「吉本さんがよくいらしていた、巴屋[*17]さんの息子さんがうちにいるんですよ」と言いました。

ああ！　あの日の男の子！

彼は立派な青年になって、そのお店で修業をしていました。

こんなに嬉しい気持ちになったことは近年ないです。

人生って不確定で、いつ死ぬかも選べないし、だれかといつお別れするかもあまり選べない。だからこんなふうにちゃんとオチを知ることができるなんて、最高です。

たまにこういうことがあるから、人生はやめられないですね。

名古屋の空

◎どくだみちゃん

栄の夜

おじさま方をお見送りする薄着のお姉さんたち、角にはたくさんの客引きのお兄さんたち。中国の人や韓国の人専門の客引きまでいて、いろんな言葉が飛び交っていた。

中洲か？　というくらいのちょっとエロいにぎわいだった。

東京でみんながこんなにギラギラして飲みに行く週末なんて、西麻布六本木でも銀座でも見ないような気がした。

みんな息が白くて、凍りつきそうな夜。

雪までちらほら降ってきて。

映画の中に出てくるソウルの夜みたいだった。

そして美味しい店も美味しくない店も、み

んな生き生きした接客をしていた。

盛り場ってこうじゃなくちゃ。少し妖しさもあって、奇妙に活気に満ちていて。

そんなにぎわう四つ角の近くの地味なカレーうどんやさんに、おじさんもお姉さんも若者もみんな並んでいた。

「カレーうどんでいいね？」

ほとんどの人がカレーうどんしか頼まないから、店の大将はいきなりそう聞いてくる。彼の手はもうほとんど自動的に動く、カレーうどんマシンみたいだった。

そしてとろみがあって、豚肉と分厚い油揚げが入った、ちょうどいい量で手打ちの麺が入った、シンプルなカレーうどんが出てきた。

締めはこれだよ、これだよね、と寒い中口々に白い息を吐きながら言い合っていた人たちが、みんなカウンターに座って、特にそれぞれ言葉を交わさなくてもなんとなく幸せを共有している様子を見ていたら、

いいなあ、いい街だなって思った。

そんなお店で、たったひとりその寒さの中冷やし山菜うどんを頼んだおじさんに、店の全員がちょっとざわついたのが、おかしかった。

その、名古屋の「錦」のカレーうどん

◎ふしばな
高ければいいというものではない

はあちゅうさんが書いていたが、どんなにがんばって高い食材を使っても、飲食店がお客さんひとりに提供する原価はだいたい最高で一万五千円くらいだとふんでいいと思う。それより高い場合は、基本、場所代か技術代かサービス代だ。

中にはほんとうにすごいお店もある。一度だけごちそうになったことがある。ワインを飲んだらひとり三から五万円くらいの幅で、様々な材料から自分でコースを組めるイタリアンレストラン[*18]で、サービスも味も完璧。ヴェジタリアンにも少食にもきっちり対応できる。これは高くても当然だなと思った。この形式は最近の高いイタリアンでは老舗キャンティをはじめとして主流になりつつある。六本木ヒルズの中にもそういうお店[*19]がある。

そういうところを別にして、たいていの高いところは調度品とか気取った雰囲気を楽しみにいくから原価よりムダに高い、私が「成金の雰囲気」と呼んでいる雰囲気であるところが多い。ヘレンドとか九谷焼の高級な焼き物ので〜っかい壺がガラスケースに入って廊下に飾ってあるような。靴下を履いて入店している女性が自分以外ひとりもいないような(タイツさえいないかもしれない)。

クラブメッドも似たような感じを受ける。

仕事が忙しくてただリラックスしたいから、あるいは自分で楽しみ方を知らないから、ここならとりあえず安全だというところに投資するのがある程度の地位の人の当然な気持ちだろうから、それはそれで安心をお金で買うことになり、いいと思う。

イメージとしてはホテルの最上階のレストランみたいな感じ。エレベーター降りると左は最高層階バーで右はレストランみたいなところ。私もたまにそういうところに招かれては「カバンを体から離さないとか、ひとりではトイレに行かないとかしなくてよくて、ほんとうに楽！」と思う。

私は天ぷらも揚げないし、刺身も家ではめったに食べないけれど、それでもやっぱり家で食べるものがいちばんコスパがよくておいしいと思っている。家のごはんは要するにオーダーメイドだからだ。

そんな私でも、「ちょうどよい外食」というところはあらゆる意味でかなり厳密に設定されていると思う。

ハンバーグはロイホがいちばんよねというくらいの価格帯が好みではあるが、私の基準は「限りなく人の家に近い味」に「プロの技術と清潔感がある」こと。気取りたくてステージとして行く要素がゼロであるぶん、自分も気を抜いて不潔な服装で行かないようにしなくてはいけない。

先日、名古屋のとある駅ホテルでランチをいただいた。

そこの中華[*20]はすごくレベルが高く、昔、森先生ご夫妻をお招きして食事をしたことがある。地元の方達に私がそんなことをするなんて、よほどおいしいんだと思う！

土曜日の昼、二部制で満席。変わらぬレベルの高さにしみじみしながら、その高層階からだんだんとエレベーターで降りていった。すると、階によって乗ってくる人の服装が全く違うのである。こんなに見た目で全てが決まってくるなんて！

この感じ、東京にはないなと思い、興味深かった。

また、そこが東京の気味わるいところでもある。リッツ・カールトンのロビーにいるほとんど半ズボンみたいなおじさんとか、立ち飲み屋にいる金ロレックスの人とか、全員中国人の中華にいるキャバ嬢二人組とか、わけがわからないものをよく見る。ある意味、東京人は鍛えられているのかもしれない（何に？）！

また、自分がどの階くらいにいるといちばん心地いいのか、すぐ見極めることができて名古屋は住みやすいなとも思った。

マリオットホテルの中華

小さい花巻

「錦」のガラス

人の声の力

◎今日のひとこと

いつもいっしょにカラオケに行く友だちたちがイタリアに帰ってしまい、私も相変わらず忙しい毎日で、彼らがいないとなかなか歌いにも行かないのです。

それでもなにかの拍子にふと、彼らの声が耳に美しく蘇ってくるんです。

彼らの話していたことや仕草よりもずっと生々しく歌声が思い出されるなんて。

いいかげんな私は彼らの完璧な美意識とおりあわずに悲しい思いをしたことも何回もあるのに、歌声を思い出す時はいつも笑顔で、彼らと彼らの歌を大好きな気持ち以外なにも

夢のようなだしまき玉子

ない。

　そしていつも忙しくて悩み多き彼らも、歌うときは100％ハッピーだったのも、鮮やかに思い出せるのです。

　歌って、声って、すごいものなんだなあ、最強の楽器なんだなあと思います。


　海外の番組の焼き直し！　と悪態をつきながら見ていた音楽チャンプでも、結局はハマり、丸山純奈[*21]ちゃんの歌に癒され……日本人にとって歌詞がとてもだいじだということ、そして人生経験の豊富さが歌の深みに反映するとは限らないことなど、たくさん学びました。

　そしてあんなに歌がうますぎる彼女も、ふつうのライブなどではあの「ゾーンに入っている状態」を出せない。歌ってなんてむつかしいものなんだろう！　長年やっているプロの歌手ってほんとうにすごいな、とも思いました。

　松田聖子さんだって、異様に謙虚な態度と規律正しい生活の力であの美しい歌声を保てているんだし。


　そういえば踊りもそういうところがありました。

　フラでどんなにけんかしていても、踊っているその人を見たら涙が出るほど好きだと思う。同じ曲をいっしょに踊るとすぐ仲直りしてしまう。

　そしてその人がどんなに隠そうとしても、気取りも清らかさも内気さも大ざっぱさも、その人の全部が踊りには出てしまう。

歌はもっと、そうなのかも。

六花亭の美術館の窓

◎どくだみちゃん

父の声

父の声はすごく特徴的だった。

腹から出る声、先を急ぐようなしゃべり方。

父が亡くなってから、たまに父の声が聞きたいなあと思うことがある。

そんなときは父の講演のCDを聴いてみたりするのだが、意外に悲しくはならないで、ついついしっかり内容を聴いてしまう。

新たな発見が毎回あり、今生きている人の話を聞いたように納得してしまうのだった。


父の声は父の不器用さがたくさんこもった声だった。

私も気持ちが焦って、早く伝えなくてはと思うようなことがあるとき、父のようになるからよくわかる。

さて、小説ではスピリチュアルなことばかり書いているのに、意外に私のサイキック能力はしょぼくて、夢で多少なにかを当てるくらいが関の山。

幽霊もＵＦＯもＵＭＡもほぼ（見てないことにしているから）見ないので、

前世があるとしたらきっと前世の私は今の私に「ふがいないのう」と思っていると思う。

しかしある日、全く父のことを考えてなどいなかった、ただ無心でふとんを干して床掃除をしているとき、突然に想像でも空耳でもなく、ふいに耳元ではっきりと、父の声がした。

「いやあ、驚いた。思ったよりずーっと家のことをやっているんだなあ！」

え？　とふりかえるくらいはっきり。

懐かしいあの声がした。

私はしばしその懐かしさにぽかんとして、それから笑った。

もっと人生に関する名言とか、文学的アドバイスとか、そういうことを言ってくれたらいいのに、よりによって死んでから最初の発言がそれかよ！

そうだよ、思ったよりもずっと家事をやってるんだよ〜だ！

生前父は、私が家事なんてできるはずがないと思っていたらしく、どうにもならないからしかたなくほとんどを夫がやっているに違いない、と勝手に推理していた。

そんなはずないでしょう。

そういう洞察力は全くなかったんだから！評論家なのに。

父がそんなふうに、堅苦しいことや思索だけじゃなくて、

行きたいところに行けて、会いたい人をのぞけるような、そんなところにいるといいなあと思う。

生きているほうの願いはただそれだけしかない。

◎ふしばな

クムの声

私はハワイの小説を別の出版社からほぼいっぺんに二冊、エッセイも一冊書くという大きなプロジェクトのために、とりあえずハワイの文化を学ぼうと思った。そしてできれば留学していた友だちのちほちゃんが住んでいる間がいいなと思った（結局まだ住んでいますが！）。

体で感じて覚えないとなあ、と思ってフラを学ぶことにしたのだが、その動機は不純で大好きなサンディーさんの歌で踊りたいというものだった。

だから他のハラウ（フラスタジオのこと）には全く興味がなく、サンディーさんに会えるのが嬉しかったり、ただ目の前で天才ダンサーが踊るのを毎週見ることができるということだけのために十年も続けた。

今もワークショップには行くので、楽しく嬉しくて、踊りを習ってよかったと思う。

サンディーさんの歌声で空間が変わるという経験は何回もしているので、気のせいとか暗示ではないと思うし、習っているから、好きだからというのでもないと思う。

十九歳のとき、私は「Sticky Music」[*22]がTVから流れてきた瞬間に、運命を感じた。なんだこの人の声！　いったいなんなんだろう？　空気が変わる！　と思った。

それ以来、ずっとサンディーさんの声を特別なものとして捉えている。

「HULA DUB」[*23]のライナーノーツにも書いたことなのだが、もう少し突っ込んで書くと、当時、私の実家ぐるみでまるで親戚のように親しくしていた女の子が精神の調子を崩し、飛び降り自殺をしてしまったという大事件があった。

亡くなる一ヶ月前くらいに「しばらくの間泊まりにいきたい」と言われたときに、「私は今小さい子を抱えていて仕事もめいっぱいで、来たいと言ってくれる気持ちはありがたいんだけれど、あなたは私の忙しさを考えたことがある？　もしたいへんなまま何日も泊めてあげたら、私の気持ちはどうなってしまうんだろう？　私は、私の気持ちや小説のことをだいじにしてくれる人と友だちでありたい。それ以外の人を受け入れる余裕は今正直に言って全くない」というようなことを普通に言った。

その頃、彼女はいろんな夫婦の家を転々と泊まり歩き、その夫婦が気まずくなるか経済的に困るまで長逗留しては追い出され、そんなくりかえしで自分の家族にも心配をかけていたからだ。

今でも冥福は祈っているが、自分の対応を全く悔いてはいない。受け入れ態勢のない家に泊まって、うとまれるほどきついことはないから。

そして人間は最後は結局ひとりで自分の苦しみの中に踏みとどまり、自分で自分を癒さなくてはいけないから。

病院を紹介してと言われた方がまだ手伝えたかもしれないけれど、家が仕事場なので「泊めて」はほんとうにむりだから。

そしてなにより、そこまでは、彼女のことを愛していなかったからだ。

もしいっちゃんがそう言い出したら、私はうちに泊めるかどうかはともかく、5日間温泉旅くらいはつきあってお金も出したと思う。

彼女が飛び降りてしまった翌日、私にまだ知らせは来ていなかったけれど、なぜかものすごく頭が重く、息苦しく、子どもはぐずり、見学を予定していた幼稚園のそばに行くのがこわいと泣いた。

あそこに血だらけのお姉さんが立ってるからいやだ、とはっきり彼は言ったのである。

あまりにも頭が痛かったので治すべく私は昼寝しようと試み、思い切り金縛りにあった。

頭は痛くて涙が出てくるし、シッターさんは急なお休みだし、子どもも悲しそうだし、なぜか目の前が暗くて、そして体が動かない……。

しかしそのとき、たまたまだれかから電話がかかってきて、着信音にしていたサンディーさんの声が部屋にすっと流れた。そのとたん、天井からきらきらしたものが降って来て、金縛りが解けたのである。

すごいなあ、クム（私はフラの師であるサンディーさんのことを、フラの伝統にしたがってそう呼んでいます）！

クムの声は、やはり特別で神聖なものなんだ。

そう思った。


そのあとも、私は頭痛でぐずぐずしていたが、しょこたんが出ているバラエティ番組を観ているうちに、憑き物が落ちたようにどんどん元気になっていった。

そして翌日実家に行き、姉からその悲しい知らせを聞いた。

姉は奇妙なことを言った。

「おとといの夜変な夢を見て、今思えばそういうことだったんだと思うんだけど、夢のなかでなぜか自分がしょこたんなんだよ。それで、本駒込のおばあちゃんの家に会いに来るんだけど、自分の手とか体を見たら血まみれで恥ずかしいっていう夢だったんだ」

しょこたんがいったいこの世界で、私たち姉妹　笑　になんの役割をしているのかわからないけれど、少なくともしょこたんの亡くなったお父さんはうちの地元が地元である……くらいのつながりはあるかなあ。

よくわからないけれど、とにかくほんものの歌手の声は、空気を清めること。

そしてサンディーさんの特別な声に送られて、彼女の魂が救われていますように、と願う。

あの光が届いていますように。

断るからって、全部受け入れられなかった

からって、嫌いなわけではない。思っていないわけでもない。

いっしょに海に行って、夜光虫の光る夜の海でいっしょに泳いで大笑いして、カラオケで歌って、ただ幸せだったあの関係性だけを覚えていたい。

土肥の海

クム

秘訣いろいろ

本質を思う

◎今日のひとこと

いろいろな事情があると思うので推測では話したくないから、ほんとうにわかっていることだけ、私の人生に起きた大切なエピソードとして書きたいと思います。

私の祖父母が眠る墓地、そこには今や私の両親も眠っているのですが、入り口には二軒のお花屋さんがありました。「鳥たち」という小説の中で、モデルになったお花屋さんです。

ご家族で営まれているそのお店にはひとりの若奥さんがいました。

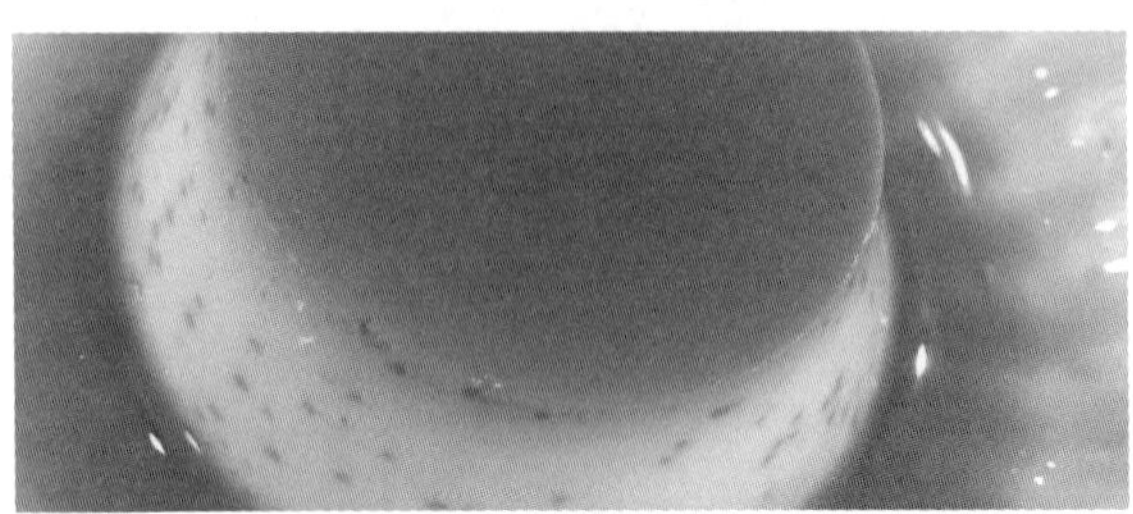

「つゆ艸」のプリン

いつも穏やかで、決して人を急かしたりものごとを急いだりすることがなく、悲しみに沈む人たちに接するにふさわしい上品なお姉さんでした。

幼い私は下町のバリバリちゃきちゃきした世界にいたので、そのお姉さんはほんとうにすてきだなあといつも思っていました。

父もきっとそう思っていたのでしょう。

もう一軒の少し華やかなお花屋さんよりも、いつもそちらでお花とお線香を買っていました。

父が地味なほうのお店で、その地味だけれどいい人たちからお花を買うような人であることが、私は誇らしかったのです。

アデニウムの芽

◎どくだみちゃん

最後だった

その年、私は初めてひとりでお墓まいりに行った。その前はまだ幼かった私の子どもがいっしょに来てくれた。

そのことに関しては、別に淋しいということはなかった。

いずれにしても三十分くらいで終わってしまうことだし、ひとりで心を込めてご先祖様に話しかけたり、お隣のお墓にもごあいさつしたり、あたりをお掃除したりして、心が洗われる時間だから。

でもたまに、墓石を磨く子どもの面影がよぎった。ちゃんとそういうことをできる子でよかったなあと思い返した。

私が小さい頃お姉さんだったお花屋さんの人は、今はおばあさんに近くなっていた。

そのお姉さんのお母さんは、もう完全なるおばあさんだった。

時間がたっているのだなあと思った。

父といっしょに長い時間タクシーに乗ってたどりつくそのお寺を、小さい頃の私は世界の果てくらいに遠いところにあると思っていた。

でも今はひとりで行くことができる。

父と手をつないで、長い横断歩道を渡り、お花屋さんにあいさつをして、桶を持つ幼い私は、もうどこにもいない。

でも、変わらないものもある。

おばあさんに近くなっても、お姉さんは優

しいままだった。

いつも迷ってしまうんですけれど、最近おとなりさんがちょっと目立つ墓石を建ててくださったので、迷わなくなりました、と私が言うと、

そうですね、あのあたり一帯はみんな佃出身の方が眠っておられますからね、と言って、穏やかにお線香に火をづけて、おっとりとお花を渡してくれた。

蚊に刺されて汗だくになってお参りをして、にこにこしながら私は「ありがとうございました！」と桶を返した。

「お参りご苦労さまです」と言った後、いつもよりも若干長く、その人は私を見つめた。

変わらない笑顔で、うなずくように。

父が亡くなったことについて今だからこそ話したいのかな、と私は思った。でもその人はあくまでひかえめなまま、ただ私を、物言いたげに見つめるだけだった。

その表情を私は一生忘れないだろう。

四十年以上毎年お花を買っていた私に対する、それはお別れの笑顔だったのだ。

四十年以上、たいていは年に一回だけ、ほとんど言葉を交わさずに同じ時代を生きてきた私たち。

それが最後だった。

そうなんです、私も大人になってしまいました。お父さんと手をつないでやってきていた私でしたが、いつのまにかお父さんがお墓に入っちゃいました。

切ないことですが、これが、人生です。

いつ会えなくなるのかわからないからと、いっしょうけんめい力を入れて人に接するよりも、そんなふうにすっと別れたいものだけれど。

きっと、あの人にはもう二度と会えない。お店ってそういうところが切ない。いつなくなってもおかしくはないのに、まるで家族のようになじんでいるから。いつまでもそこにあると思ってしまっているから。

もうひとつ、これからもまた大きくなった息子とお墓まいりに行くことはあるとは思うけれど、一昨年、息子とお墓まいりをどたばたで済ませた後、ランチの店を探しているうちに道に迷って、となりの駅に出てしまったことがあった。

汗だくで腹ぺこの私たちは、となりの駅には安くておいしいお寿司屋さんがあることを知っていたので、そこに飛び込んでランチを食べた。

嬉しそうに、うにを食べる子ども。

そう、子どもである彼との、あれは最後の夏休み、最後のお墓まいりだったんだなと思うと、けんかもせずに道に迷ってもげらげら笑っていたあの日の母子が、とても懐かしく思えるのだ。

そして私は今年もしっかり道に迷った。タクシーの運転手さんが間違った場所に私を落としたからで、私はマップも見ずに自信を持って、堂々と逆方向に歩いていった。

するとなぜかおじいちゃんとお父さんが交互に目の前に現れた。

お墓まいりだから思い出されるのかなと思

っていたら、だんだん、どしゃぶりで車のワイパーを速くしたときみたいに、交互に出てくるのがひんぱんになってきた。

待てよ？　と思って調べ、逆方向に歩いているのを知った。

やっぱり教えてくれるんだな、こうやって自分の体とご先祖さまってつながっているんだな、と私は思った。

違和感を覚えて道がおかしいと伝えているのは深い記憶から来る私の本能、

しかしそれはご先祖様の姿で現れる。

科学的にはそんな感じだろう。

でも、別にいいではないか。

おじいちゃんとお父さん教えてくれてありがとう、で。

吉本家のちっこいお墓

◎ふしばな
なにをもって

お墓まいりに行ったら、これまでたぶん五十年くらいそこにあった専属の小さなお花屋さんが撤去されていた。
檀家さんになんの挨拶もなく、いきなり。

彼らはいつもお花を渡すときていねいな挨拶をしてくれたので、その墓地に眠る大勢の人がきっと彼らに愛着を感じていただろうと思うのだけれど、そういう配慮は全くないようだった。

そして、大きな葬儀会社の子会社のお線香と、系列会社のお花屋さんが、ピカピカで涼しい建物の中に入っていた。

小さなお花屋さんたちは、雨の日も風の日も真冬も、半露天にいたというのにな、と私は思ってしまった。

もちろんその新しい人たちにはなんにも悪いところはなく、しかもとても親切な人たちだったので、かまわない。感じよく会話してお墓に向かった。

今まで心をこめて火をつけて手渡されたお線香は、自動線香点火機に変わっていて味気なかった。

いきなり墓の前の道にみっちりと真っ白い(そうじが楽そうな)コンクリートが敷き詰められていた。今までは敷石とじゃりだったのでのどかだったが、今や照り返しの熱さがハンパない。

そして、古くてだれもお参りに来なかったり、お金を払っていないおうちのお墓には、なんといきなり墓石に紐とプラカードで「地代を収められていないので大至急連絡ください、でないとこのお墓は撤去します」みたいなことがでっかく書かれてぶら下がっている。

お墓の石にそんなことをするなんて、お寺さんのすることだろうか？　お金を払ってない死者への敬意はないってことかね。

百歩譲って「社務所にお立ち寄りください」くらいのことを、もっと小さく、墓石以外の場所に表示することはできなかったのだろうか？　と思う。

さすが、もうお墓がぎっしりだからと何百万も取って改装しておいて、祖父が愛した木を残してくださいとお願いしたのだが、面倒だったのだろう、引っこ抜いて安いコンクリで固めた寺だけのことはあるぜ。

私は今、ほぼボランティアでお墓そうじをする青年の小説を書いているが、ますます力が入りそうだ。

お墓ってなに？

それは死者のための場所であり、生者が死者への敬意を育てる場所でもある。

お寺ってなんだろう？

死者を平等に敬い、亡くなった人が天に上がることを、生きている人たちとともに真摯にお手伝いする場所ではないのか？

ずれているうちに、どんどん本質からギャグみたいに外れていくことがなにかと多い現代、私はスーパーミルクチャン[*24]のように「カネカネカネカネいいやがって〜！」と言いながら、その場所を後にした。

下北沢の街

会津の謎のビル

磐梯山

弱点はそのままに

◎今日のひとこと

決して批判するとか、「完璧にやれ」「ここさえ治れば完璧だ」という話ではなく、たくさん動物がいて共働きの私のうちは週に三回（でもたいていいろいろあって平均二回くらい）おそうじを頼んでいるのですが、おそうじする人によって、ちょっとずつこだわりが違うんです。

「床だけはごみひとつなくやりたい」「とにかく見た目をぴしっとさせたい」「水回りはぴかぴかに」などなど。そして「なのにここはやらないのかい!?」っていうところも必ずあって、その部分はそれぞれ確実に違うんで

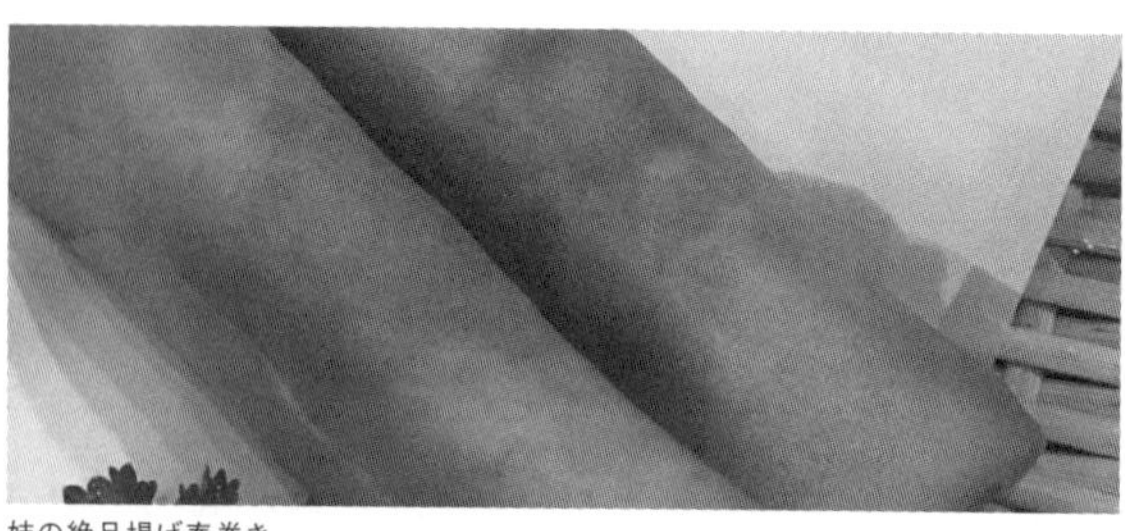

姉の絶品揚げ春巻き

す。

排水溝、ゴミ箱の中のゴミ、玄関のほこりなどなど。

かなりのスキルがあるそんな人たちが、まるでそこだけ見えないかのように「やらないこと」が必ずある。

その「抜け」をよく見てみると、必ずその人の性格のとても重要な部分に不思議な形でつながっているのです。

「鷹揚」「陽気」「責任感がある」そんな長所の真裏に、小さな要石みたいにある「抜け」。

だから、直そうとしないほうがいいのかもしれないと思うようになりました。

ちなみに私の場合のそれは「雑」だと思われる。

大胆な決断と行動、必要な忘却という長所の、それはちょうど裏のところで小さく治らずにあります。

最小限に留まってくれているうちは、取り除かなくていい。

取り除いたら、長所のほうがなにかまずいことになる、そんな気がします。「人に迷惑をかけるほどの雑さには気をつけるが、あとは他の雑でない人がその部分をになってくれればいい」そう思うことで、より発揮されるなにかがある気がするのです。

ケンケンラブ♡

◎どくだみちゃん

とてもむつかしいことだけれど、強いないこと

抜けがあっても、てきとうでも、己のことばっかり考えていても、それを他人にもしてくれと強要さえしなければ、おとぎ話みたいなものだ。

どんなに正しくても、まっすぐでも、イケてても、それを他人にも求めたら、その不快で小さな圧力はいつか必ず本人に返ってくる。

食べ物にたとえると簡単だ。

ある晴れた日に、今日はお昼になにを食べようかなと考える権利だとか、

このお皿の上のものをどういう順番で食べ

ようかなと楽しみにしているということだとか、

そういうものを他人から決して奪ってはいけないと思う。

一口ちょうだいと言わないで勝手に取るとか、

自分の好きなものばかり頼むとか（これ、決めるスピードが速い私はほんとうに気をつけないといけない。もしどうしてもそうしたいものがあったり、腹が減っていたり、予約時にお店の人にこれを頼んでほしいと頼まれていたりなど事情があるときは、自分がごちそうするようにしている）、

それはお花畑に安全靴でどかどか入っていくようなものだ。

そういう人って、疲れているときの私を含め、たくさんいる。

そしてそういう人を許容する人もたくさんいる。

許容する人はみんな小さく「ちっ」と思っている。

あるいは「どうぞなにかを強いてくださ い」というかまえで、依存を求める。

そして「頼らせてもらうし、決めてもらう方が楽だもの、しかたないな」と思っている。

その「ちっ」や「どうぞ決めてくださいな」の数が多いと、ちりもつもってどれだけ自分の人生を害するかをわかっていたら、とても気楽に人になにかを強いたりできない。

おとなしい人はいつも許容しているが深い闇の中で、

「私は言わないけど、いつもそうなんだから、

いつかなにか私の言うことを聞かせてみせる」「私になにかあったら、経済的に助けさせてみせる」などと別に思うともなく思っている。

どっちが強いとかいいとかではなくて、そんな変な相互依存のカルマを作るよりは、なるべく人になにかを強いないで風通しがいいのがいちばんいい。

私の幼なじみはいつもお父さんに英語を勉強しろと怒鳴られて育った。

好き嫌いも失くせとほとんどDVみたいな騒ぎになる晩ごはんの現場もたくさん見た。

それで彼女は決して英語を勉強することなく、大人になってから思う存分好き嫌いを前面に出したままの食生活を生きている。

あるとき、彼女から手紙が来た。

「我ながらひどいなと思うんだけれど、お父さんが死んだんだけど、ひとつも悲しくない。嬉しくもないけど、全然悲しくない」

そういうことだなと思う。

友達のお父さんに花を

◎ふしばな
この特技をなにに活かそうか

私は店のメニューを把握するのがとても速い。

読むのが速い上に読むのが好き、食いしん坊で、世界中のおそろしい数のレストランに行っているからだ。

それから、自分でも信じられないくらいにシェフの考えが見える。

その店のシェフの得意なことと苦手なことがメニューから伝わってくる。

たとえそれが海外の店でもある程度はすぐ把握することができる。

店自体は肉推し、しかし魚が食べたい、どのくらいクリーム的なものを入れるか？

メインはシェア系の店、ヴェジタリアンが二名、その人たちを満足させつつも、肉を食べたい自分を納得させる組み方はなにか？

お昼が重めで軽く食べたい人ばかり、だとしたらこの店ではこれをメインにすべき。それに伴い前菜かサラダかスープを体調や天候により決める。

海鮮やきそば、肉お好み焼き、だとしたら前菜はなににすべきか？　などなど、自分に関しては味つけの把握と共にすぐ判断できる。

その判断にはかなりの自信があるので、「自分でゆっくり決めたかったな」という人がいるとき以外は、役立つ機能である。

だから、よく人に「この店のいい頼み方で注文するものを決めてくれ」と頼まれる。

まず自分にとってその店のメインとなるもの（それがスムージーやピータン豆腐や白い飯であってもかまわない）を据えて、そこから栄養のバランスと色のバランスと量を決めていくのがいちばんいい。

その日の状況と店の違いによって、無限のバリエーションとなるので、軸を決めるのはとても大切なことだ。

だれかの行きつけの店だったり、ゆっくりとメニューを眺めるのが趣味の人がいる場合は、もちろんその人に任せる。

自分の分をさっと決められることが大切なんだけれど、レストランの人は私にメニューの組み方を相談してくれないかなとさえ思っている。そのくらいのレベルの特技だと思う。

一度、タムくんとごはんを食べていたら、タムくんが私の子どもに言った。「大人のごはんって長くない？　正直、僕もいつも少し長いなと思ってる」

いいなあ、と思った。

大学のときの人生の師が、それとは全く別のベクトルでこう言った。「なんかさあ、雑炊って『一巻の終わり』って感じがしない？」これもまた、いいなあ、と思った。

カプリの崖

センスを磨く

◎今日のひとこと

おばさんになって楽になったことは、健康さえ問題なければ思いっきり太ってもいい、すっぴんでも咎められない、夜道があんまり怖くない、などなどいろいろありますが、よく考えてみるといったいなんだったんだろうと思います。

結局、若いうちは、伴侶であるところの異性を見つけるために、どこかしらでがんばっていたんだなぁということですね。

その感覚がここまで薄い私であってもそうなんだから、世の中の女性たちがどんなにたいへんか、考えるだけで胸がきゅっとなりま

知育菓子！

す。

自分を磨く、センスを磨く、それを楽しめるかどうかが、中年以降の人生の鍵だと思うんだけれど、日本人は苦痛の中がんばってしまうので、おばさんになった頃にはもううんざりしていて、大きく投げ出しちゃったりもするんですね。

鏡の中の自分がおばさんというかおばあさん。

Tシャツがどうやっても似合わない。腹が分厚く出ている。腕がたくましい。手がごつごつ。膝が出せないくらいいたるんでいる。などなどの驚くような変化の中、どう楽しんでいけるかが大切だなあと日々しみじみ思います。

私は楽しむ以前のだらしなさなので、もうちょっと美容に対してがんばったほうがいいってだけなんだけど！

よく（特にクウネルで）フランス人女性の大人になってからのおしゃれのセンスの良さを特集していますが、私もこれまで数人のフランス人女性と接してきて、美に対する徹底的な妥協のないあり方にいつも感銘を受けます。

毎日毎日、これとこれは合わないとか、自分の髪の色にこの色が合わないとか、このセーターの丈だとスカートが長くなくてはいけないとか、そういうことを考えながら育ってきているので、歳を取れば取るほどどんどんセンスが磨かれていき、力を抜いた状態でもその人の唯一無二の形が完成しているのです。

また髪の毛を自分で切っちゃうとか、バッ

グを修理に出して何十年も使うとか、とても合理的。

部屋にいるときの自分の色や形の違和感あるいは統一感とか、そんなことまで無意識のうちに考えている気がします。

ブランド物はセンスが悪く見えるから買わないとか、人からもらったものでもセンスが合わなければ潔く捨てるとか、そういう一面もあります。日本人にとって最もハードルが高いが最も憧れる世界なんですね。

ラジオに出たときのようす

◎どくだみちゃん

キッチンボルベール

竹花いち子[25]さんの自宅兼アトリエ兼レストランであるキッチンボルベール[26]。古い一軒家、仄暗い照明、適度なそして完璧な清潔感、家具調度品の統一感。

すべてがいち子さんの人生を表している。

話すと全てがばしっと決まっていて、思想に筋が通っていて、しかも前向きで希望的であるその姿にどんなに大きな影響を受けただろう。

こんな生き方もあるんだ、日本でも可能なんだとどんなに励まされただろう。

そしてその家と部屋のインテリアが彼女を守るように、語っている。

私は別に前向きではない。

こんなふうに仄暗い気持ちを抱いているから、

明るく生きていけるんだ。

人に言わないこともたくさんあるから、しっかり立っていられるんだ。

そんな声が聞こえてくる。

そこがとても好きだ。

光だけの世界はつまらない。

闇に照らされた光こそがセンスの妙というものだ。

いち子さんのテーブル

◎ふしばな
では何がそんなに違うのか

私の知っているフランス人女性のことだが、彼女は決してすっぴんで髪の毛を下ろしたところを人に見せない。

いちど私たちががやがやと温泉に入っていたら、扉をそっと開けてみたものの、私たちがいるのを見て、また部屋に帰っていった。

彼女の部屋は階段しかない宿の三階にあり、私だったら、めんどくさくてもうお風呂に入るのやめるか思いきってみんなと入ってしまうだろう。

でもきっと彼女はしばらく待って夜中にひとりでお風呂に入って、また階段を上って三階に戻っていったのだろう。

そういう人知れない美学が、フランス人にはたくさんある気がする。

竹花いち子さんの部屋は、私の知っている人の中で一番パリに住んでいる人の部屋に似ているけれど、それはきっと、いち子さんの生き方が定まっているからだろう。

どんなものが好きで、どんなものに違和感を覚えるか、はっきり本人の中で決まっているからだろう。

逆に言うと、それが定まれば、私たちが憧れているような、フランス人の美学に少し近づく気がする。

何かを決めるということは、ほかの何かを潔く切り捨てるということでもある。切り捨てたものの中から、また好きになれるものを見つけるということでもある。

そういう実験を、人生の冒険として、楽しんでいこうと決めることでもある。

お金は関係ない。職業も関係ない。

自分の人生を、作品として生きていくということである。その覚悟さえあれば、なれるものなのだ。

自由なその料理　レンズ豆ソースと野菜たち

100%

居酒屋さんに行ってラストオーダー少し前に釜飯を頼んだら、

「うわ〜、釜飯入っちゃったよ、永遠に炊ける気がしない！」

「もう疲れて動けねえ！　一寸たりとて動けねえ！」

という厨房の会話が丸聞こえで、またこういうタイプのダメでグチっぽいお店にうっかり来ちゃったかな、と思っていたら、
店員さんが「全く炊ける気がしないんですけど、全力で炊いてますから！」とにこにこしながら私たちの席に言いにきました。

◎今日のひとこと

タイラミホコさんのブルーの器

単に正直なだけという全く新しいケース！笑。

私と夫のＬＩＮＥビデオ通話にまで、「だんなさんも今度は来てくださいね〜！」と割って入ってきたりして、底なしの陽気さでした。

陽気、そこにはなにかこの時代を生き抜くための大切な鍵があるなあ、と私はしみじみ思いました。

いずれにしてもとにかく生き生きしていたら、雰囲気が悪くなるとか、クレームが来るとか、いろんなまずいことはまぬがれそうです。

それから、静かで陰気に見える人でも、生き生きしている人はいます。顔を見ると目が輝いていたり、黙っていてもなにか静かな温かみを発散しています。

そういう人を「生き生きしてない」と評価してしまうことも、またひとつの現代の病だなあと思うことがあります。

「ロケッティーダ」のブルーの窓

◎どくだみちゃん
be here now

歯をみがくときは、ただ歯をみがく。

隅々まで汚れを取って、どうしたら歯にとっていちばんいい磨き方なのかを考えて、工夫して、愛情もこめて、楽しみながら磨く。

あるいは無心に、なにも思わずただ歯をきれいにすることに集中する。

他のことを考えていたり、あわててビャーッと磨いてしまったりしない。

それから、歯を磨くなんてめんどうくさい、いやだいやだと思ったりもしない。

気が散っていると、結局一日が、

私は確かに歯を磨いたな。

という気持ちのないまま終わり、自分の奥深いところに小さなもやもやが残る。

そのもやもやは、ちょうど温めたミルクのもろもろした滓（かす）みたいに、腸の中で少しずつ層になる宿便みたいに、心の中にだんだん塊となっていく。

さらにそれが重なると、結局歯が悪くなる。

歯が悪くなると、他にもダメージが及ぶようになる。

生活のことには上の空の野球選手とかノーベル賞級の研究者とかは、いったいどうなんですか？

と問われたら、彼らはたいてい外づけのハードディスクとしての妻がしっかりそれをカバーしているから、やっぱり工夫しているんだと言える。

野球や研究に集中したいから、それを手伝ってくれる外側の優れた細胞をちゃんと探してくるというか。

歯を磨くときは100%全力で歯に向き合えたら、いちばんいい。

そのやり方で、歯磨き以外のことだってひとつひとつやれたら、結局はなにひとつ後悔のない人生になる。

より多くのことは成し遂げられないかもしれないが、目の前のことに100%になれないと自分が感じていることは、そもそもしないほうがいいのかもしれない。

横浜のプールわきの階段

◎ふしばな

すごく不思議であろうこと

決してのぞく気はないんだけど、うちの寝室の窓から向かいのリビングが丸見えなのだ。何が何でもカーテンをしない方針みたいで、ものすごくよく見える。

ただ、私の家の住人がその窓に近づくときは雨戸を開けるときと閉めるときだけだから、すなわち寝るときと起きるときだけなので、もめごともなくなんとかなっている。

なるべく雨戸を開けるときにその家の中を見ないように心がけているのだが、先日強い視線を感じてついふっと見てしまった。

すると、人はだれもいなくてチワワがものすご〜く不思議そうな顔で私をガン見していた。とりあえず手を振ってはみたが、微動だにせずずっと驚いている。

「窓の外にまた窓があり、そこに知らない人がいる」

これって、犬界ではとんでもない、理解不可能なことではないだろうか？

ほとんどホラーとかＳＦとかに属する概念だろうと思う。

あの子がそれをあの小さな頭の中でどう処理したかはわからない。

うちにはリクガメがいて、カメフードと野菜と果物をケージに入れてあるのだが、ときどきバナナなど入れていると、犬がうらやましくなって奪おうとして、ケージの上から熱心にのぞき込んでいる。

ふたがあるので入れないのだが、とにかく真剣にのぞき込んでいるし、たまにゆさぶったりしている。

これも、カメ界の常識ではすごいことだと思う。一度でもウクライナの森（そのへんのカメらしいから）で暮らしたカメであれば動物に接したこともあろうが、うちのカメは多分店の孵化器で生まれているから、自然を知らない。いきなり巨大で黒くて毛むくじゃらな生き物が、天から現れてハアハア言いながら自分のえさ皿を狙ってくるのだから、ゴジラとかレッドキングとか、そういうレベルの恐怖だろうと思う。

人間にもきっと、いつかこういうことが起きるに違いない。

起きない道理がないもの。

ピンボケだけど、大学生のときの土肥での写真を発見！　私細い！　となりは彼氏ではなく友だちの三島のたけしくん。このときは宿に戻れば生きている両親に普通に会えたんだよなあ。会いたいなあ

順番と自然の法則

読んでくださっているみなさま、一年間お世話になりました。

私は来年の半引退にともない世の中に出なくなっていくので、ますますこのメルマガに力を入れていきます。

日常のちょっとした癒し、人生のこつを織りこんだスピリチュアルな教え、イレギュラーな形の和みブログとして、ポケットの中のお守りの小石として、人がいっとき淋しさを忘れることができる「鶴光のオールナイトニッポン」のように、来年も日常の友としていただけると幸いです！

よいお年をお迎えくださいませ。

いちじくの葉はいちじくの匂いがする

台北にて

◎今日のひとこと

前からいろいろな形で何回も書いていることなんだけれど、まあ、たとえ話として、おいしいちりめんじゃこを作れるお母さんがいたとします。

それを娘や息子の学校や夫の職場など、人がいるところで彼らがお昼に食べていると。

同僚や同級生が「なんだかおいしそう、一口ください」となって、おいしすぎるから分けてくれと。

それで分けてあげると、今度は「友だちにもあげたいけれど、さすがに無料では申し訳ないからお金を払うよ」といくばくかお金をくれると。

それがうまく重なっていくと、評判になり、お店になると。

お店になって、工場ができると。そこからは好みの問題だが、自分のできる範囲の分量を作り売り続けるか、大手にレシピを売り渡してチェーン店になると。

その流れがひとつ。

もうひとつは、なにかのきっかけでちりめんじゃこが大好きになり、「よし！　私の人生を救ってくれたちりめんじゃこに、これからの人生を捧げ、日本一にまで高めてみせる！」という意気込みから、研究に研究を重ね、最終的に上と同じ流れになるというもの。

さらにもうひとつはですね、ゲームで課金するのと全く同じで、優秀な人を金で雇って、いい場所に金で店を出して、広告費をかけるというもの。

最後のは最も有効だが「時短」というのは最も自然じゃないので除外するとして、もちろん最初のやり方のほうがよけいな力を使わないで流れができるので、自然です。

一見美しく見えますが、後者はいろいろな場所で力こぶが入っているので大変です。でもその大変さこそが自分にとってのレジャーや生きがいであるという人もいるので、そっちが向いている人はそっちでいい。

それだけのことなんですよね。

要するに、二番目や三番目は最初の考えを合理的に、そして人為的になぞっていくという手法のひとつです。

だからあくまで自然の流れや基本の答えは前者にあるという軸足を失うと、いつしか必ず大変になります。

そして今の世の中は最初の方法以外のふたつが全部になりつつありますが、向いていない人にとってはとても険しい道です。

松ぼっくりひとつ

◎どくだみちゃん

おーるゆーにーどいずらぶ

　何か大きな仕事をしてたくさんお金が入ってきて、記念に買ったヴィトンのバッグ、ものを入れるとむちゃくちゃ重くて、それをオーストラリア旅行に持っていったのが間違いだった。

　空港の中ですでに挫折しそうな重さで、毎度カートを持ってこないとろくに動けなかった。

　そのカバンを運んで搭乗するのにあまりに疲れ果てたのと、飛行機の中でうがいをしそびれたので、そして揺れた飛行機で少し酔ったので、降りてすぐにトイレに行ってちょっと顔を洗った。

出てくると、当時の恋人が突っ立って激怒していた。

もう全員が入国手続きを終えそうな勢いなのに、なにをやってるんだ！　と。

そしてカートを持ってくるのを手伝うことも、荷物を持ってくれることも一切その旅ではなくなった。だから私のその旅の思い出は「常に重い」である。


オーストラリアではなぜか刑務所の跡地に行った（今思うとそれこそが引き寄せの法則の悪いほうのたとえそのものだ）。

私はさほど霊には敏感ではないが、明らかにものすごく悪い気の漂う場所で、首をつる縄まで取ってあった。

この床が下に落ちて、死刑となります、みたいな説明を聞きながら、彼の顔がどんどん悪魔のように悪くなっていった。

夜中にホテルのトイレでごぼごぼいう変な音もした。

ますます旅はうまくいかなくなり、そのあとしばらくして彼とは別れた。

別れた原因は別にあったが、その旅がきっかけだったのは間違いない。


考えてみたら、つきあいはじめのときにセスナに乗る機会があったときからほんとうはわかっていた。

彼はどうしても景色が良いいちばん前に乗りたいと言ったので、飛行機が苦手な私は後ろの席にひとりで乗った。そして乱気流で揺れるたびに真っ青になった私にとなりのおじさんが気の毒に思って声をかけてくれたので、となりのおじさんの腕にしがみついていた。

こんなじゃ絶対落ちる、この飛行機と思ったら、三年後にその同じコースで同じセスナがばっちりと墜落していた。

あの期間、そのおじさんとつきあえばよかった！　笑。

なんで自分を愛してない人とつきあったのだろう？

私は当時の自分に言ってやりたい。

今すぐ別れろよと。

かわいそうだよ、君の体、だいじな時間、むじゃきな微笑み、真摯な想い。

みんなかわいそうだ。

それに別れればきっと、彼にもほんとうに愛せる人が出てくるわけだし。

愛していない人と過ごしている彼の時間もかわいそうだ。

旅の間中、なにかに取り憑かれたみたいに邪悪だった彼は、食べ過ぎた私が着替えるときの三段腹肉を見て　笑、

なんてみっともない、段になってるじゃないか、醜すぎる！　そんなだったらもういっしょにいられない！

と怒った。

バロウズの「おかま」というとてもすばらしい、しかし悲しい小説がある。

主人公は若い男の子とつきあっているが、全く相手にされていないし愛されていない。

愛されていないということのみじめさに関する小説だ。

私も今ほんとうにそう思う。愛されていないのなら、それは自分を害することに他なら

ない。

気の毒だから、私がいないとこの人が心配だから、そんなことはどうでもいい。

自分を害してはいけない、それだけだ。


人と人がいる。

お互いを好きになる、気になる、いっしょにいたくなる。

だから少しずつ歩み寄る。

ふたりで空間を創る。

それが、順番。

どこで外したのか、なのになぜ続いたのか、全くの謎である。


それでも別れを告げて彼が涙を流したとき、胸がものすごく痛んだ。

それが恋というものだ。


オーストラリアまで行ったのに、あんなに悲しい夜景を見たことがないし、すばらしい自然もおいしいごはんも全く私を癒さなかった、それも初めてだった。

滞在した街にほんとうにすてきなカフェがあって、私はそこにいつでも行きたかったけれど、彼は常にそのお店にケチをつけていた。

甘すぎる、年寄りが多すぎる、古すぎる。

なにひとつ合わないのなら、いっしょにいてはいけない。


しかしその頃の私には、なんでも話せて団子になって遊んで眠って手をつないで歩いていた、歳下のかわいいアシスタントがいた。

その子もそのあといろいろなことにもまれてすっかり仲違いしてしまったけれど、今は仲直りしているし、そのときはとにかく家も近く、１００パーセント愛し合っていた。

毎日会いたかったし、どこにでもいっしょに行きたかった。

そんな人がいたから、そんな日々に耐えられたんだろう。

むしろ恋愛していたのは彼女とだったのかもしれない（もちろんつきあったりしてないけど、ちょうど小学生の恋みたいにね）。

その子といっしょに、星がきらきら光る和歌山の温泉で露天風呂に入っていた。

「見てください、このお腹の肉、ああいやだ、醜い醜い」

腹の肉をつかんでそう言う彼女に、

心の底から私は言った。

「その肉も○○ちゃんのかわいい一部じゃない。ぱつんとしててほんとうに全身がかわいいのに！」

それが愛だと思う。

「なにそのすごい肉、ちょっとはずませて」

うちの子どもはそう言ってソファーにいる私の腹の上で顔をぼんぼんはずませる。

夫もやってきて、おお、よくはずむ、と手をはずませる。

みんな笑う。セクシーでもなければ上品でもない。

これが愛だ。

当時持っていたイケてるスタイルも、細身の服も、ヴィトンのボストンバッグを持ち続ける体力も私はきっと失ったんだろう。

かわいい腹の肉の女の子とも、遠く離れた。

でもその子と交わしていたほんものの愛の記憶だけが、私たちをまだつないでいる。

理屈抜きで大好きで毎日会ってた日々があったよね。あの幸せ、安心、忘れないよ。人生にはいろんな時期があって、離れることもある。でもあの思い出は消えない。

愛だけが消えずに星のように光り輝いている。

そして愛以外のものは、痛みや教訓としてしか残っていないのだ。

不思議となにも残っていない。

きっと今日一日の私の選択が愛のほうを選ぶかどうかということだけが、私を今後も救っていくのだろう。

だから昔の私みたいな人がいたら、一日も早くこちらに来なよと思う。

女性は愛するよりも愛されるほうがいいとかそういう話ではない。

相手を愛しているのは大前提だとしても、なによりもまず自分を愛していれば、愛のない人は近づけない。

それが自然の力だ。

ギャルソン2017冬

◎ふしばな
よくわからないケース

実名をなかなか出しにくい、私的にはとてもヤバい話なのだが、私の昔の家のわりと近所にいたマイペースですっとんきょうなお嬢さん、人柄としてはとてもいい感じの人だけれど、日本では完全に浮いてしまうタイプだったので、仲間うちでハブられていた（この表現、まだある？）。

私はそういうことを全く気にしないタイプだったので、ふつうにしゃべったり家を行き来したりしていた。

彼女はあまりにもお嬢さんすぎて、どんなに派手なおしゃれをしてもなんとなく垢抜けない。ただ、服装が派手ということは確かだった。

どうしても歌手になりたいと言っていたが、特に歌がうまいわけでもない。

歌手になるためにとりあえずお金が必要で、水商売をしていた。

お客さんとつきあって不倫旅行をしたりもしていたし、ごくふつうのホステスさんなのだが、なにかが「純」だった。特に美人でもなく、スタイルがいいわけでもない。しかし純だったので、水商売の暗い色はつかなかった。

ワンルームの部屋に遊びに行くと「ザ！ホステス！」という感じのドレスが何着も飾ってあるのだが、白いドレスの胸のところにでっか〜い茶色のシミがあり、「これって、どうなの？」と聞いてみたら、「クリーニングしても取れなくってさ。暗いからわかんないと思って」と笑っていたが、絶対にわかると思った。そういうところが年配の方達にはたまらなかったのかもしれない。「俺がいないとこいつはだめだ」が男性の恋愛動機のそうとう上位にあるから。

彼女はためたお金でなぜかアメリカに行き、そこでめちゃくちゃ年上のおじいさんと結婚した。特にお金持ちでもなく貧乏でもなさそうな、すごくいい人そうな地味なおじいさんで、そのおじいさんにとって日本人の若い女性が自分と結婚してくれるなんてありえない幸せという感じだったと思う。

「彼が先に死ぬと思うといつも泣けてくる」と言っている彼女には一点の打算も曇りもなく、こいつはすごいなあと思った。なにがなんだか全くわからないからだ。

そしてあるとき、「ついにCDを出しました！」と送られてきたCDの表紙がフルヌードだったのでものすごくびっくりした。内容が特にエロいわけでもなく、裸も全くエロくなかった。銭湯で見かけるレベルと言えばわかるだろうか。

そしてやはり歌も特にうまくなったわけではなく、さらに自分で作った曲でもなく（スタンダードな、例えば『カントリーロード』だとか『煙が目にしみる』だとかそういう曲ばかりだったような気がする。全部聴いていないのでわからない）音楽に詳しくないからわからないが、宅録一発録りという感じだった。

ほんとうにわけがわからないままなのだが、

ひとつだけ言えるのは、きっと彼女の人生の中ではそれは全部いい感じのことで、夢も叶っているし、愛情にもめぐまれているということなんだろう。

それを世間がどう捉えるかは別として、きっと彼女は幸せな人生を歩んでいるのだろう。

欠けているのは客観性とか比べる心だけだ。それってけっこう必要なものだと思うんだけれど、とことんなければないでなんとかなるんだな。

そこまでふっきれていたら関係者全員が幸せ、そんな気がする。

外村まゆみちゃんのなべしき

奥沢「ミカド」の日本一のヒレカツカレー。合挽き肉のキーマで、甘いけれどスパイシーで、カツは専門店だからさくさくで！

短いスパンで

◎今日のひとこと

去年の今頃の（実は誤診であった）検査結果では、もう私の姉はこの世にいないかもしれないはずでした。

もちろん自分にもいつかそういう日は来るのでしょうが、とても怖い緊張感がありました。当然手術待ちのあいだに症状も進むわけだし、何が起きるかわからないような不安に包まれて、覚悟をくりかえし、いつも胸がきゅっとしている感じでした。

しかし、そんな気持ちで横を見ると、死にかけて足がむくんで歩けない犬がすやすや寝

高水春菜ちゃんのライブ前のキラキラ

ていたのです。特になんのわずらいもなく。

　寝て起きて、食べたければ食べられるもの（りんごやお芋）を食べ、食欲がなければまた寝て、撫でれば喜び、寝るときには垂れ流しながらついてくるのを抱っこして、シートをしいて、いっしょに寝て。


　そうしたらなぜか姉に関してまで、気持ちは落ち着きました。

　なぜか「姉ちゃんも犬も死にかけてる、自分は悲しい境遇だ！」とはならなかったのです。

　奇跡を願ってキラキラするでもなく、落ち込んでぐずぐずするでもなく。

　これがただ生きてるってことだよ、これでいいんだよ、と犬が教えてくれました。

　あのとき、オハナちゃんが全身で教えてくれなかったら、私はきっとわからなかったでしょう。そして姉に関して大騒ぎして姉にストレスをかけていたでしょう。


　そうして乗り越えてふたを開けてみると、姉の病気は思ったよりは軽くて、ただただ会えるのが嬉しいし、わかるのはだいたいこの三ヶ月くらいのことだけでいいや、てきとうで、そのくらいで、と思うのです。

ビーちゃんのまどろみ

◎どくだみちゃん
春菊さん

私たちにその勇敢な姿勢でいろんなことを論理的にかつ実用的にいつでも作品で教えてくれて（抗がん剤の点滴を自分で外す方法をあんなにもていねいにわかりやすく図解してくれる人が他にいただろうか？）、

さらにはまるで整体のように、ご自身の人生のゆがみを少しずつ、少しずつ直していって（その過程こそが治癒というものの本質だった）、

大きな病気もしたけれど今がいちばん人生で美しくて色っぽくて、

子どもたちにはかあちゃん、かあちゃんと頼られ、

一人の人の人生にこんなたくさんのことが

起きるなんて、なまけものの私には信じられない。

今以上に、春菊さんが美しく健康でいられるように、神様に祈らずにはいられない。


真っ暗な吉祥寺の道、ビルの谷間から、リュックを背負って少女みたいに人波に消えていくその姿には、もはや神々しいなにかが宿っていた。

「人間ってすごい」とおがみたくなる。

どんなことがあっても、生きている限り美しくある。

そんなことがありうるんだと。


昔はいつも「もしもこの人の育った家庭が、ごくふつうの愛のあるご家族だったら、この人はなんになったのだろう？　オリンピック選手か？　東大や京大に行ったのか？　玉の輿？　そしてきっともっとたくさんの人を笑顔にしただろう。こんな素質を伸ばしてあげないご両親だったなんて、それどころか性的に虐待するなんて、全くひどいことだ」そんなふうに思っていた。

でも今は違う。今の春菊さんがいい。今のお子さんたちがかわいい。

彼女は勝ったのだ。

ほんとうの意味で、彼女の選べなかったほうの人生に。

アトムまんじゅう　タイラミホコさんにもらったのでタイラさんのお皿に

◎ふしばな
深夜の笑い

今は亡き愛犬オハナちゃんを看病していた頃のことである。

後ろ足が動かなくなった彼女は、毎日夜中に私のベッドに上がってこようとしても上がれない。私の枕元に両手を乗せて、私を叩いて起こすのだ。乗せてくれ！　と。

ベッドの上には防水のペットシーツと布が敷いてあり、
その上によいしょ、と彼女を乗せてまた寝るという、授乳の頃のような、数時間おきに起きる睡眠をしていた。

しばらくいっしょに寝るとオハナちゃんは熱くなりすぎるらしく、胴体ごとどーんとベッドから飛び降りる。それで床に寝て寒くなって、次は暖房の前に寝直して熱くなりすぎて、またベッドに乗りたいと起こしにくる……の繰り返しだった。

体の調子がほんとうに悪いときって、体の中にいることそのものが苦しくてひんぱんに姿勢を変えたくなるのだ。お父さんも最後のほうそうだったなあ。

もちろん毎日のように眠いなあと思ったし、あの頃ヨーロッパに出張があったとき「時差ぼけなのに、なんだかいつになくよく眠れると思ったら、オハナちゃんがいないからだった！」と思うくらいにひんぱんに起こされていたが、全てがいい思い出だ。

ある夜、私は疲れてほんとうに熟睡していて、オハナちゃんが起こしに来てもなかなか起きなかった。

オハナちゃんがそうとうがんばって自分で登ろうとして枕元をがりがりやっている音でやっと目覚めたが、私は完全に寝ぼけていて体がついてこなかった。いつもどおり「上がるかい？」と言って彼女の胴体を持ったときにバランスを崩して、オハナちゃんは床に投げ出され、私はベッドから半分がくっと落ちた。

オハナちゃんが仰向けにひっくり返って目をまん丸にして口を開けて、

びっくりした〜！

という顔になったことを思い出すと、今でも笑えてくる。

大丈夫？　と慌てて抱き上げて、ベッドに乗せて、目を合わせたとき、深夜に私たちはげらげら笑った。ほんとうに一緒に笑ったのである。そしてくっついて寝た。

幸せなんて、そんなものだ。

死にかけていても寝不足でも、そんなふうにそこにあるのだ。

病気だから、歳とっているから、いろんなことがもうすぐ終わる気配がするから、だから全部が悲しくて不幸っていうことはないのだ。

オハナちゃん

高水春菜ちゃんと春菊さん

身も蓋もない男女論

◎今日のひとこと

なんで男女はわかりあえないのか。
その「成り立ち」を簡単に説明しましょう。
あなたの目からうろこか、あたりまえじゃないかと思われるのか……わかりませんが。

そもそも男の子は「異性であるところの」お母さんから生まれ、その時点でお母さんが神なのです。たとえ問題が多い母親であっても、こんな人であってほしいという夢を含めて、神そのものなのです。
いがらしみきお先生のものすごい傑作「I」でもそういう描写がありましたし、それは人

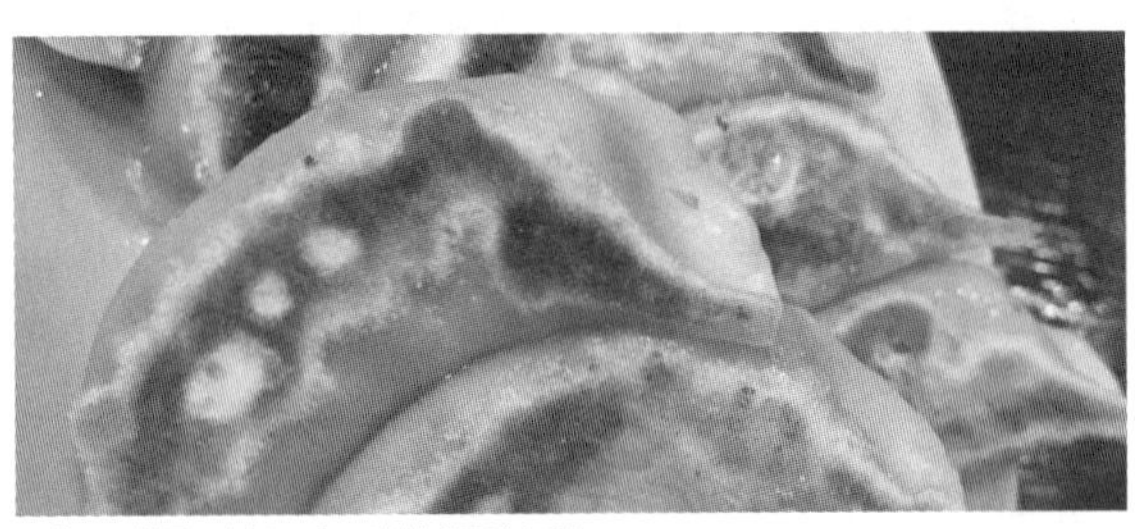
江古田の餃子、ごくふつう。でも焼き目がすてき

類の変えがたい真実なのでしょう。

女の子は母親を異性としては捉えません。だから母親と友だちのように過ごし、実際そうなるかどうかは別として「次の神」として育っていきますが、男の子にとっては神は一生神のまま。

神以上の神はいないので、基本、嫁と姑では姑が根本的に勝っていますが、それを素直に行動に移さず、「自分で選んだ女性だから、自分の一部と思おう」と別枠でがんばれた人が、真に大人の男性ということになります。

母親は男の子を育てるとき、全肯定です。褒めれば伸びるなんていうレベルではありません。彼の存在全てを肯定しているのです。

つまり男の人は土台がそもそも全肯定だから、批判に弱いし、打たれ弱いのです。

男同士の世界は、お互いが存在を全肯定されている人同士のぶつかり合いだから、果てしなくお互いを認め合って心地よく、また敵は自分にとっては全否定ということになるからこそ男の世界は厳しく、そんな感じだから絶対に好きな女性には自分を責めないではしいもの。それがいいとか悪いとかじゃなくって、成り立ちなんだからしょうがない。

それがわかっていると、男女の差から来る問題がすごく理解できて、対処も楽になります。

つまり、彼にとってもう神はいる。ひとりだけいる。その神は異性である。それが前提で男女の関係は始まるのです。

男の人が自分の母に「加えて」（だっても

うお母さん＝神はすでにそこに存在するんだから）大切に思いたいと思う人は、「話し合えてわかってくれていっしょにいてくれる」を自分に要求するかわいい人ではなく、自分をよく見て、適切な行動をしてくれる相棒です。あるいは自分用にカスタマイズされた母。

　ちなみにもうひとりお母さんみたいな人がほしいな、という人はもちろんダメな人。お母さんがダメな女性だったから、自分はしっかりした人を相棒にしよう、という場合はうまくいきます。

　さて、女性の側は同じく、基本的に父親に全肯定されて育ちます。

「パパのいたあの日々よもう一度」であり、とにかくばらまきたい男と違って性欲が生命の危機といえる、妊娠出産を常に伴っているので、ある意味慎重です。

　だから人生を楽にする相棒を吟味する男と違って、比較的無邪気に「自分をいちばんに考えてくれる」「パパのような人」というのが基本の形になります。

「わかってくれて、いつもいっしょにいてくれる」が望みのスタイルとなります。

　もちろんそんな異性はいません。

　だからそこをつきつめないで、「うちの彼氏にもちょっとパパの風味はほしいけど、私も大人になってしっかりしなくちゃね」くらいの加減の人が、楽に生きていけます。現代[*27]だとなんとなくいつも私は究極のお嬢様、浅見帆帆子ちゃんをイメージするんだけれど。帆帆子ちゃんが楽な生き方ということではなく、まっすぐに無邪気に人生を生きている女性を、やっぱり男性は好きだし、いい男には計算は伝わってしまうから。

　だから昔はお嬢さんを表に出さないままお嫁に行かせたんだなあ、とか。

　まあオレのように男女平等を超えて「男ですか？」ほど働いている人は全く出る幕なしですが、それでもやはり兄貴や桜井会長[*28]や甲野先生[*29]に接すると「昔の男はよかね〜、守ってくれるもん」と思います。

　守るというのは、話を聞いてくれたり優しいことではなく、買い物に行って重いものを持ってくれることでもなく、女性の存在そのものを持続させてあげたいと思ってくれることなんですよね。

　男というものは、そもそも母親が絶対で、男どうしで遊ぶのがいちばん好きで、家に帰ったら母親のようでありつつももう少し仕事を応援してくれる異性が、おおらかに放っておいてくれることを望んでいて、仕事では女の千倍くらいひどい目にあって鍛えられているから、妻や彼女には決して責められたくなくて、実際浮気するかどうかは別として常にモテていたいし、自分の妻は抱えこみたいし、自分の一部と思っている。そしてまじめに考えることは女性の千倍くらい融通がきかない状態でまじめに考える。頭が爆発するほどに。優しい気持ちになるときは女性みたいに計算がなくてただ丸ごと優しい。

　そういうものだと思います。

　突きつめると、人間はみな、男も女も、子どもの頃のように暮らしたいんですね。

　もし子ども時代が悲惨だったとしたら、

「精神的に」子どものときに憧れていたような暮らしがしたいんです。

恋人の「母親」「父親」になる必要はない。しかし、相手にもしも相手が子ども時代に生きたかったような生き方をあげられたら、その人は決して離れていかないでしょう。

だから人間ってみんな、こわいところもあるしうっとうしいけれど、愛おしいんですね。

チビと雪の思い出

◎どくだみちゃん

なじむ

「ママと結婚したい、ママとずっと暮らしたい」

「ママもできればそうしたいけどねえ」

性が人生に入ってくる前、暗喩としてしかない時期。

それは全ての人間にとって至福のときだろう。


ではなぜそれが至福なのか？

それは、お互いの存在を全肯定できる相手に初めて出会っているからだ。

厳密に言うと、母の側の人生では二回目だ。

自分が赤ちゃんのとき、親が与えてくれたものを心の奥底で思い出す。

親がしょうもない親であっても、
理想を描くことを含めて、赤ちゃんは赤ちゃんが求めたものを、心の奥底で覚えている。

もしも性で結ばれたはずの伴侶とか恋人との関係が、自然に変化してお互いを全肯定するようになったら、
たとえそれが「そういう人なんだからしょうがない、自分は変わらずずっとここにいるから」程度であってもいい。

その関係には孤独はない。信頼があるだけだ。


若いあるとき、恋人がぎっくり腰になり、寝込んでいた。

そして彼のお母さんから電話がかかってき

て、彼に「そこの近所に住んでいる親戚のおばさんが旅行に行ってしまったから、犬の散歩に行ってあげて」と言われて、彼は死に物狂いでよく知らない犬の散歩に行って、帰ってきて、また寝込んだ。

なんでお母さんに「ぎっくり腰だから行けない」と言わないんだろう？　と私は多少腹を立てながら思った。

寝込んでいる彼の世話をするのは忙しい私ではないか！

今思うと、完全にこれは私の側に愛が足りないしわかってないな、と思う。

やっぱり私たちはいっしょになるべきではなかったので、別れてよかったのだ。

そして男として、「母の言い分も大事だし、いっしょに住んでいる人には多少甘えてもいいだろう」という判断が、相手も子どもだし甘い。

子どもどうしがいくら仲良く住んでいても、なにも発展性がない。

大人どうしだったら、知恵を出し合ってどうすべきかを考え合えるのだと思う。あるいは私がその犬の散歩ににこにこしながら行ったかもしれない。帰りにあのおばさんの家の近所にある名物肉まんでも買っていっしょに食べよう、と思っただろう。

もしほんとうに大人同士だったらね。

ほんとうに思った文句は口に出さない。出してもしょうがない。

笑顔が曇るのを見たくないから。

自分がぐっと受け止めるけれど清々しい。

愛してるから。

それが大人だから。

「今が楽しすぎるから結婚する気が全くしない」

その同じ人が言ったとき、自分はそもそも親の名字を背負っているからだれとも入籍する気はなかったけれど、とてもイヤな感じがした。

「大人になりたくない」

と面と向かって言われたような気がした。

そろそろ所帯でも持って、子どもができたら子どもでも育てるか。

たいへんだけれど、やりがいがある道だ、こいつといっしょなら。


それがない恋愛なんて、超デリシャスなおやつみたいなものだ。

口ではおいしいけれど、血や肉に、栄養にはならない。

心の栄養になるけど、すぐ溶けて消える美しさだけだ。

人のなにをも育まない、過ぎていくはかない美しさ。

だから消えてしまったんだろう、あの最高に楽しかった、無責任な日々。

浅草の街

◎ふしばな

男と体と心

先日、行きつけのお店に行ったら、真冬だというのに半袖で、頭がどうにかなっちゃった青年（当社比、まあ許される表現だろう）が飛び込んできた。

姿勢を正して「少し飲み物と食べ物をいただいてもいいですか？」と言っているので単なる礼儀正しい青年かと思ったら、ひとりで笑ったりしゃべったり、ひとつの飲み物を何杯も頼んだり、異様な量の食べ物を頼んだりしていた。

私は素知らぬふりをしていたけれど、「あちらの女性にもこれを」などとバーカウンターのように食べ物をくれようとするので、にこやかにお腹いっぱいなのでけっこうです、と答えたりした。

大騒ぎしながらひとりで食事している姿は、年ごろの男の子を持つ私としては痛ましく見えたのだが、このタイプの病の人は決して反省したりしないので、同情ももちろんしないし、愛で包む気もない。

大騒ぎしては「ごめんなさい」とあやまったりしているが、悪いと思っているわけではない。そうしたほうが良くしてもらえると思っているだけなのだ。

昔友だちの彼氏が同じ状態になり、空を飛べると信じて、マンションの屋上から向かいのマンションの別の階に飛び込み、そこからさらに元のマンションの別の階に飛び込み、最終的に地面に落ちたが、なんと生きていた。骨折はしていたけれど、ぴんぴんしていた。

私は「人間ってすごい、思いこめばある程度はなんとかなるんだ（まあ、ある程度だけど）」と思ったものだ。

いやだなあ、こわいし、面倒だなあと素直に思いながら、私はいつも通りにごはんを食べてそのお店を後にしたけれど、そのお店の上の階には百歳近いお父さんが住んでいて、たまに降りてくる。

すっかり細くて、耳も遠くて、頭もたまに少し遠くに行っているそのお父さんがその変な状況の中、たまに上から降りてくると、すごく安心した。

戦ったら私さえももしかしたら勝てるかもしれないような、おじいちゃんなのにだ。

歩けなくてもボケても父がいるだけでこの世に安心していられた、あの時代もそう思った。

男というものの本質はこれで、これだけなのだなと。

前述の鳥になった男のときもそうだったが、こういう人たちのもうひとつの特徴として、食べる分量がおかしくなるぶん、排泄の回数もおかしくなる。

食事中の方には申し訳ないが、彼はその上、毎回なんだかわからないけれど、必ず大のほうをしていくし、わざとトイレを流さないのである。

これは多分、どろぼうがそれを残していくのと、ほとんど変わらない、無視されればされるほど自分を見てほしいし、いやな状態でインパクトを与えたいという、さかのぼれば赤ちゃんのときに端をはっする深層心理なんだと思う。

私はその青年のそれを見ないようにして一瞬で流しながらも、目の端でいやいやとらえ(自分の親や子どもやペットのそれしか世話したくないに決まっている)、しみじみと思った。

君が無茶をしていても、君の腸はいっしょうけんめい働いて、こんなにいいものを出している。色も形もたぶん完璧な。

両親が君をそんなにりっぱな体に育てるのにはどんなにたくさんの力が注がれただろう。

ほんとうにもったいないし、体がかわいそうだよな、と。

体にも親にも心からの感謝を持っていないことが、彼がその病に至った原因のひとつである気がしてならない。

天国では長い箸を持って向かい側の人に食べさせてあげるが、地獄ではその同じ箸で自分にだけ食べさせようとするから、いつまでも食べられず苦しむ、という有名な話があるけれど、同じことだと思う。

もちろん人間は八方美人である必要はひとつもないし、幸福の王子みたいである必要もない。

けれど、自分のことだけ考えて生きていると、人生がどうにかなってしまうという生き物なのは確かだ。

自分のことだけ考えない、というのはどういうことかというと、周りをよく見るということだ。

よくよく見たらみんなが同じように人生とはたいへんで悲しいし理不尽なものだということがわかる。

自分だけが損で苦しくてたいへんなはずがない。

また、自分だけがすてきでイケてて人に好かれてばかりいるわけでもない。だれかだけがそんなふうに楽に生きているはずはもっとないし、自分の努力だけが報われないわけでもない。

厳しく荒い流れの中、たまに来る休憩や浅瀬に憩いながら、それぞれが成長に向かって泳いでいるだけだ。

それがほんとうにわかっていたら、人を尊重する気持ちが自然に生まれてくる。

自分が大騒ぎしたら食事中の他の人はいやだろうな、とか。そんなたわいのないことが心からわかってくる。

浅草の夕暮れ

こえ占い千恵子ちゃんのアトリエ

良い気

◎今日のひとこと

たとえばへとへとでぐずぐずでイライラしてるとき、家族ではない他人のために仕事でベッドカバーを換えなくちゃいけないとします。

1　ちくしょ〜、知ったこっちゃねえよ、人のベッドカバーなんて！　てきとうに換えておこう。

2　なにも考えないでさくさくやる。でも自分が疲れていることは忘れない。

3　ここに寝る人がよく眠れますように！と祈りながら換える。

4　めんどうくさいな、でもきちんとやっと

シャコバサボテン、長ーい！

けば眠る人もやった自分も気持ちいいしね！

さて、どれがいちばん「気」が良いでしょう？

うすうすわかっていると思うのですが、3のようでいて、実は4であります。

そしてもしかしたら3より1のほうがましな場合があるのです。

2も3よりはいいのです。

これって、わかりますか？

思いというのは「重い」のです。

人間ってほんとうに不思議なもので、全然本人は意識していなくても、うちのベッドカバーを換える人は、百発百中で顔のところにタグが来るようにするのです。タグはそれぞれのベッドカバーで違うところについているので、向きとかくせの問題でもありません。そしてたいへん真面目な人なのでもちろん表に出ている悪気なんかありません。小さないじわるでさえありません。本人も気づいてないのです。無意識の悪意、妬み。

言ったらびっくりしてそれからは直りました。

でもそれが人というものの本能のようなものなんだろうな、と思うのです。

逆に、そこで小さく発散しないと、もしかしたらもっと大きないやな感情が育ってしまうのかもしれません。

その同じ人が、私が病気で寝ていたら心からの涙を流して、自分も具合が悪いのに遠い道のりを来てくれたりする。それが、人間というものなんです。

そしてほんとうに不思議なことに、４番の人には必ず人気があります。

人には必ず伝わるんです。

黙っていることは相手にはわからないと思ったら、大間違いなのです。

武術家の甲野善紀先生は、お会いすると「ほんとうにこの人は今目の前にいて自分に対してくれている」という印象を常に与えてくれます。

ものすごくむつかしい感覚の話をして、体のさばきかたを習い、しっかりと心が触れ合っている感じがして、その瞬間は人類であることの孤独を忘れるほどです。

しかし翌日になるとその気配が全くない。消えている。引きずっていない。思い出さないわけではないのでしょう。ただ、気に「思い」を乗せてこないのです。

これこそが達人だし、こうであればきっと人間関係って複雑にならないのだろうし、危険も避けられるのでしょう。

確実に五人前三人で食べた。どこだったかなあ

◎どくだみちゃん

間合い

言いたくない、できれば言わないですませたい、永久に。

そういうときにかぎって、相手はつめよってきて、要求をつきつけてきて、もっと近くなろうって言ってくるから、いつか言わなくてはならなくなる。

嫌いとかではない、書くためのゾーンに踏み込まれるのがいやなのだ。

でも人間って、本能的に相手のいちばんの力がある場所に入って力を得ることを欲するものだ。

だから手を変え品を変え踏み込んでくる。

人間っておそろしい。そんなにしてまでその本能は他者の力をぐっとつかみ吸いとろうとするのだから。

「ここまで入れてくれないならほんとうに親しいとは言えない、自分が特別な気がしない。だから踏み込むぞ」というのが先方の要求だが、そのゾーンには自分の子どもさえ入れていないくらいの神聖な場所。私本人さえも入れてもらってないのかもしれないくらい。

だから、斬るしかない。これまで何人を斬ってきたか、この手は血まみれだ。

しかしこちらにためらいがあるので相手の傷が汚くなる。こちらも大きな傷を負う。

そこが自分がこれからどうしても直したいし、修行していきたいところだ。

もっとさりげなく、さっと立ち去りたい。

一瞬でふさがる傷しか相手につけたくない。

あれ？　あの人今日いたっけ、いたよね。

いたときは、楽しかったね。いい時間で。

また会えると楽しいけど、がっちりと約束して会うとあのほんとうに楽しかったような雰囲気ではなくなってしまうかもしれないから、流れでいいし会える日を待つこともないね。

だって会えるときには会えるから。

そういうふうに思われる人でありたい。

そんなわけで人間が怖いし嫌いだが、それとは相反して、目の前にいる人ってみんな愛おしい。

どんなに苦手な人でも、目の前にいるとすごく愛おしく思う。

この人を育てるとき、どんなふうにお母さんは抱っこしたんだろう。

その記憶を刻んでこの人の体もがんばってきたんだな。

どんなふうに泣いて、笑って、ここまで来たんだろう。

そう思うと、自然に笑顔になることが多い。

もっと大勢の人に日常的に会わなくてはならなかったときには、こんなことわからなかった。いやいやその場にいて、まるで風景みたいに入れ替わり立ちかわりやってくる人を見ていた。心は閉じていた。

それこそが不幸だと思う。

昔、飲み屋でゲイの男の子がわざわざ立って私の席にやってきて、「あんたなんてなによ！」とののしりはじめたことがある。

私が少し前に彼の好きなバーのマスターと仲良くおしゃべりしていて、気にいらなかったのよ！　という感じだった。

酔っ払った私は「いいからここに座りなさい」と言って、彼を私の膝に座らせた。

なんでそんなことしたんだろう、カウンターにもう席がなかったからか。

彼はちょこんと、重さをかけないように私の膝に一瞬乗って、振り返ってにこにこ笑った。

そんなふうに、人はいつだって力いっぱいに愛おしいと思う。

そして目の前からいなくなったら、すぐ忘れたい。

みんな忘れて、またそのとき目の前にいる人のことだけを考えたい。

さっきまでのことはもうさっぱりと消えて、相手にも変な気を残さず、しゅっときれいな線を描きたい。

翌日になってまで強引に気配を残すなんていやだ。

それこそが一期一会の本質なのかなと思う。

台北の夕陽

◎ふしばな

魔を斬る

うちの子どもが尊敬する習い事の先生から、今している勉強には肩の筋肉が必要だし、精神面でもきっといいと思う、と立派な木刀をいただいた。

振り方も一応教わったんだけれど、なんとなくあいまいだからお互いにチェックして直し合おうということで、一日十回だけ私もいっしょに振ることにしていた。

ある日、頭が重くて、なんとなくいやな感じがするときに、いつものように息子につきあって屋上に出て、木刀を振った。たった十回だったのに、頭の上の何かがさくっと斬れたのが感触でわかった。あれ？　という感じだった。

「すごい！」

と思った。

そうだ、木刀だって、てきとうに扱えば自分や周りの生き物を傷つけることができる。だから自然にしっかりと気合が入るし、あの形は斬るための形だから、その気合で見えない何かが斬れるのだ。

木刀でさえそうだからこそ、真剣を腰に持っている甲野先生はいっそう澄んだ気配ですっと動くことができるのだな、とすごく納得した。

ボクサーとか柔道や剣道の有段者とかお相撲さん　笑　とか……ひいては美容師さんとか大工さんとか……人を殺傷しうる能力あるいは道具と共に日常を送っているそういう仕事の人たちは、他の仕事の人たちと違って、佇まいで実力がわかりやすい。実力がある人はすっとしている。それもすごく納得した。

私だって、文章で人を殺せる。考えたこともないが。

武器を持っているからこそ、私もまた殺さないことに命をかけているんだ、とこれもまたすごく納得した。

人に生命力を与えるものを描きたい。

甲野先生に斬られる夫

夜のかんらん車

だましだまされ

◎今日のひとこと

「トンネル」[*30]という韓国映画をたまたま借りて観ました。

ほんとうに恐ろしくて、今、韓国映画のレベルってハリウッドより高いのではないかと思うくらいのリアルさでした。もちろん「こんなにうまくいくはずないよね」みたいなことは、映画だからあるんだけれど、役者さんがうますぎるので気にならないのです。

お金を惜しんで工事を手抜きしたりすると、結局被害を被るのは罪もない現場の人たち、そして「運が悪かった」庶民。

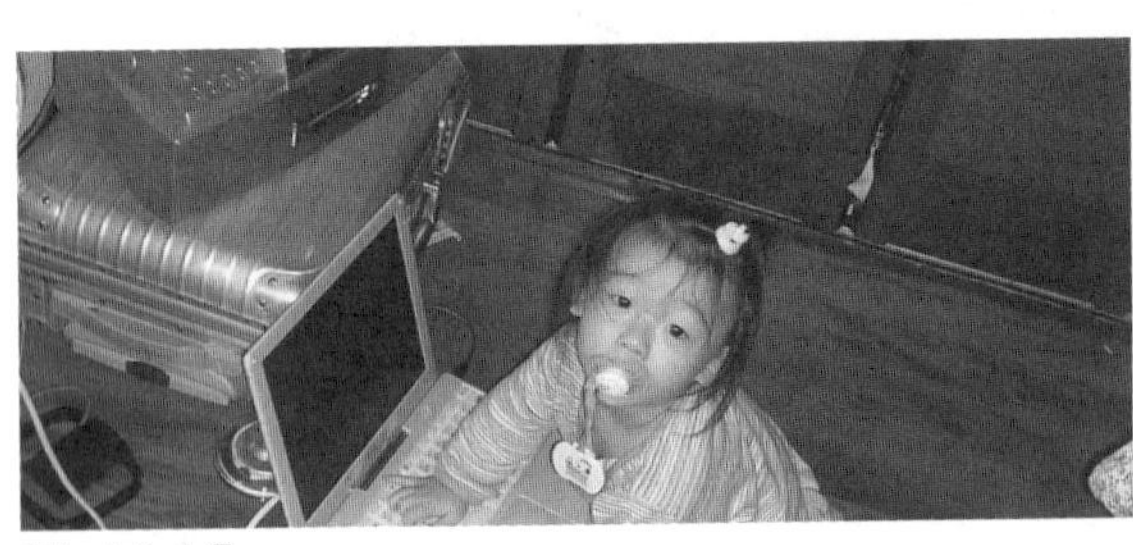

赤ちゃんだった頃

私は反社会的でもないし、何かを発信して社会を変える気もなく（ただ、ひとりひとりに楽になってその人自身を生きてほしいという思いは常にある）、だから政治家にならないかとか、日本の教育を考える会に入らないかとかいうありがたい申し出は常にスルーし、今夜のコロッケのできとかのほうが気になるへなちょこぶりで、スノーデンくん[*31]の爪の垢でもせんじて飲んだほうがいいのではないか？　というくらいの見て見ぬふり派です！

なぜなら一秒でも長く小説を書いていたいから。

そして小説に向かう姿勢においては嘘をつきたくないから。

でも個人個人が「自分の仕事に対してだけでいい」から誠実であることは、とっても大切だと思っています。

だから、会社の方針によって、個人では賛同しないようなことをしなくてはいけないということも、すごくよく理解できます。

この映画にはそういうものもいっぱい詰まっていました。

大きなお金が動く現場には必ずある不誠実なもの。

そしてどんな場所でも必ず存在する、誠実さを貫く人々。

それにしても、主人公が生き残っていく上での唯一の仲間としてパグが出てくるんだけれど、そのかわいさに胸がいっぱいになってしまいました。

暗闇の中いっしょにいてくれるなら、犬がいちばん（この感想でいい気がしないけど）！

ビーちゃんのくつろぎ場

◎どくだみちゃん

大きな瞳

その子といっしょに働いているとき、いちばん好きだったことはその静けさと賢さと毒舌、そして人を見抜く鋭い目。

あるとき、いろいろな男の人を手玉に取ることができるような、お金持ちの、少し歳が上のものすごい美人女性のお誕生会に呼ばれた。

なんで呼ばれたのかわからないけれど、作家もひとりくらい混じっていた方がいいと思ったのだろう。

衰えない美しさとその財力に、そのビストロにいた全員が惹きつけられていた。華やかな雰囲気、笑い声、今度どこどこにいっしょに行きましょうというような話。恋の話、モテる話。

私ははじっこでおとなしくしていた。

その子はもっとおとなしくしていた。私とタイプが違って、その子はクールな美人だったからもっと中に入っていって人脈を作ったりすればいいのに。

帰りにいっしょにタクシーに乗っているとき、彼女は言った。

「なんだかすごく悲しかったです」

街の明かりや他の車のライトが、まだらに暗い車内に入ってきていた。

「なんで？　私たちが浮きまくってたから？」

私はたずねた。

「あの場にいた人が誰一人として、彼女のことを愛してなかったから」

彼女は言った。

そうだね、と私はうなずいた。

そしてその子のご両親のことを思った。

今は遠い異国に住んでいて、彼女を慈しんで育てた人たちのことを。

その人たちが彼女にさずけたこのまなざしのことを。

お父さんが家にいたさそりをお箸でつまんでお茶の缶に入れて捨てた話や、

サランラップがなかなか買えないので、お母さんがサランラップを洗って何回も使っていた話や。

お母さんが作ったシフォンケーキのはじっこがほしくて、型から出すのをじっと待っていた幼い彼女のこと。

私たち、きっとあまり長くはいっしょに働けない。

それはなんとなくわかっているんだ。

あなたには婚約者がいるし、もうすぐ結婚してご主人のお仕事を手伝うだろう。だから。

夜遅いお仕事の彼を待って退屈したあなたと飲みにいって、スパークリングワインをいっぱい飲んでふらふらになった楽しかった夜のこととか、私は一生忘れない。

だれともいっしょにお風呂に入らないような繊細な人だったのに、いつのまにか打ちとけ、みんなで温泉に行ってげらげら笑ったりしたことや、お嬢様そだちのあなたが狭い民宿で「となりにもお部屋があるんですよね？」と言ってみんなで笑ったこととかも。

なかなか眠れず「ワインが飲みたい、ビール以外のものが飲みたい、コンビニで売ってる以外のおつまみがほしい！」となにもない田舎町の真夜中、ふたりでのたうちまわったこととか。

いっしょにいた時間にたくさんつまっていた、小さな愛を感じてくれていたらいいと思う。

アメリカの工房見学

本物のクリスタルガイザー。シャスタからやってくる

◎ふしばな
柔らかなだまし

この間、バッテリー切れでスマホを買い換えるという友だちに話を聞いていた。

家にＷｉ－Ｆｉがないから、データの移行とか動画を見るためにルータを借りたけれど、めったには使わないから、解約できる更新月が近ければ解約しようかな、と言っていた。

あまりスピードが速くはないけれど、今は公共のスポットやネットカフェもあるし、仕事で支給されているスマホがあるので、それで短時間ならテザリングをすればなんとかなるかもしれないね、などと話して別れた。

そして後から話を聞いたら、すごいのである。

仕事で支給されているスマホはきっと会社にお金の請求が行ってしまいますから、テザリングに使うのはあまりよくないと思うので、ルータを解約して（ただし満期ではないので解約金が一万円かかります）、テザリングをしたいのならタブレットを一台買ってその通信料も新規契約するといいですね、と言われたそうなのである。それをしたらまた二年しばりでほとんどその使いもしないタブレットが家に転がっている状態になるに決まっている。

テザリングは便利だけれど、もちろんＷｉ－Ｆｉルータに代わるものではない。あくまで電波がないときになんとかしのぐくらいの使い方でしか使えない。

そもそもあなたは何にスマホを使うことが多いですか？　家にＰＣはあるのですか？　ルータ以外にＷｉ－Ｆｉはないとのことです

が、なんのためにそのＷｉ－Ｆｉを使っていたのですか？　というようなやりとりが全くないのもどうかと思う。

もちろん知っているのである、売る方は。あえて言わないだけである。

これは、積極的にではないしもちろん違法ではないけれど、限りなく詐欺に近いようなものではないかと思う。

だいたい好きなときに解約できないリース方式でしかものを売らないこと自体、どうかと思う。

そうやって顧客をキープしないと昨今では企業も生き残れませんと言われたら、はあ、さいですかとしか言えない。

事務所をたたんだからコピー機のリースを解約しますと言ったら、ものすごくお茶を濁した雰囲気で大企業の人が「その件はリース会社にご連絡ください」とにこやかに言う。わかっていて言うのである。

そしてリース会社にかければ、なんだかんだで中途解約には八十万円くらいかかるといきなり言われてしまうわけだ。汚れ仕事はそっちにお願いってか！　ああ、ミルクチャンになって「バカッツラー！」と言いたい！

まあ私の場合、急に事務所を閉鎖したので、契約時の書類などろくに見直してないわけだし（永遠にリースするだろうと思っていたから）、ある程度はそんなことが起きてもしかたないだろう。しかたないのであと数年使うけれど、もともとの企業の人の顔も見たくないくらい憎たらしい。個々の人は悪い人ではないし、上の言うことを聞いてるだけだからしかたない。

これをだましと呼ばずして、なんと呼んだらいいのだろう。

どれだけのお年寄りがこの方法で、いりもしないルータや変なフォトフレームや、数ヶ月はなんと無料です！　と言われてタブレットを買わされているのだろう。全く使わないそれらに月三千円くらいをえんえん払っているのだろう。それを目的に毎日説明をしながら知っていてあえて買わせる営業をしている若い人たちの心はいったいどうなっていくんでしょう。

それって最終的には国益にさえも影響するんだろうなとみんな心の底では思っていますよね。でもどうにもできない、時代の流れだから。

そして大きな企業でCMもバンバン流れていますというくらいでは、もう信頼ができないという時代になっているということ。

みんながみんな「二年しばりってなんだかな〜」と思いながら、「他に選択肢がないから」従っているこの奇妙な社会。

海外の人はみんな「よく納得してるね」と首をかしげる、これってきっと政治と同じ。

逆に言うと、この問題に関する正確な情報を持っていて、各店舗に同行してくれるコンサルがこれからきっと流行ると思いますね。

葉山の空

「イル・リフージョ・ハヤマ」のすばらしいサラダ

気を病む

◎今日のひとこと

「病気はする、と思っておいた方がええよ」

丸尾孝俊兄貴の名言の中でも、かなり私の心に響いたものです。

というのも、兄貴みたいな豪快な人は「自分は病気なんてしない」というのを前提に考えていると思っていたからです。

兄貴の深みがより理解できる気がしました。

佐野洋子さんの名著「死ぬ気まんまん」[*32]の中に、「知らなかった」というすごい章があります。

ホスピスに入院していた体験を描いた章な

近所のへいの上

のですが、そこで出会った山田さんというヤクザらしきおじさんだけが「シャバの空気をまとっているからこの人は死なない」と佐野さんが確信したくだりがあり、何回読んでも納得します。

「病院にはないシャバの空気」、その言葉以上にあの雰囲気を表すリアルな言葉を私は知りません！

私だっていつか死ぬ。死ぬ直前までこういう小さいことをつらつら書くんだろうなと思います。

そしてそれがもしだれかを少し楽にするなら、本望だと思っています。

逆に言うと、それだけでいいです。そんな大きなことは狙ってない。

佐野洋子さんのこの本が心弱ったときの私をいつも支えているように。

内田春菊さんが出産も病気もまんがに描いてくれているから、自分にとって初めての怖い道ではなくなっているように。

本は友だちなのです。だれにも入れない心の部屋にすんなり入ってくる友だち。

ガウディの部屋

◎どくだみちゃん

健康

人間は、袋に水が入って歩いてるみたいなもの。

傘の骨みたいなので形を保ってます。

袋の中には魂が入ってます。

真ん中でこうこうと光を放って、袋の中の水全てを動かしてる。

その入ったり出たりする袋の水が、よどんでいたり、どこかでたまっていたり、汚れていたら、病気になります。

水をきれいに保ち、中の魂が生き生きと情熱を持って光り、幸福を感じていたら、その袋は袋自体の自然な寿命まで動いていられます。

それだけのこと。

そしてその袋の寿命は必ず来ます。

トートバッグをいつも使っていたら、その人のくせによって、取っ手だけ先に切れたり、底が薄くなって穴が開いたり。中のポケットだけ取れちゃったけど使えたり。

その箇所は人によって違うけれど、使いすぎたところや偏ったところが故障しやすい。

それと同じ。

修理して使えることもあるよ。

それが外科手術。

それでももう布がとけちゃうくらい、使い切っちゃった。

中からじわじわ水ももれてくるし、限界かな。

乱暴に投げ出したこともあるし、汚いものを注ぎ入れて中の水が汚れちゃったことも。

　抱きしめていっしょに寝たこともあるし、丁寧に修理したこともあるし、ごめんねってあやまってさすったこともあるし、ぎゅうぎゅうの満員電車で、切り立って風も強い崖の上で、君だけが友だちだって感じたこともある。

　だから満足。いろんなことがあったけれど、満足。

　そういうのがいい。

　でももしまだ寿命でもないのに、この袋が疲れちゃったとしたら、
　楽しいこと、おいしいもの、笑顔に包んでゆっくり寝かせてあげたら、
　たいていの場合はきっとまたふっくらしてきれいな水をたたえてくれるだろう。

カプリのリフト

◎ふしばな

虫の知らせは確かにある

数回前のこのメルマガで、玉川髙島屋に行ってなぜかすごく悲しくて泣いた話を書いたのだが、自分でもなんであそこまで悲しいのかわからなかった。子どもはたしかにすっかり大きくなってしまったけれどしっかりかわいく生きているし、懐かしい気持ちは変わらないけれど、これから新しくなった髙島屋にもたくさん行けるし。

でも、後からわかった。

その日の午前中に、友人（井上ニコルさん）[*33]が亡くなっていたのだった。自殺ではなく、突然死だった。

私が知らされたのは年が明けてからだった。

もしも死んでから彼があんなに悲しくなっていたとしたらあまりにも悲しいなと思い、まだ切ない気持ちでいる。

その頃からしばらく、目の前がずっと暗くて、頭も体も重くて、「やばいな、こりゃうつに突入か？」と思ってたけれど、違っていた。

その頃ちょうど、いつも行っていた場所に行けなくなってしまったので、その人の悲しい気持ちがこっちにのしかかってきてるのかな？　と思ったけれど、それも違った。

それは彼の人生の重みだった。

後悔ではありませんようにと願っていたが、ある日、その重さがふっと抜けた。はっきり覚えている。

文化村の向かいの「千」[*34]というすてきなレ

ストランにいた。

その間もやはりずっと体が重く鈍く、久々に会ったサイキックのきよみんとごはんを食べていたのだが、私が体が重いのはだれかの念だろうか？　とたずねたら、「なにか人のことで重いことがあれば、みんなトイレに流すといいんですよ」ときよみんは言った。

流しちゃうのは、相手にとってもいいんですよ、相手の余計な部分だからその人も軽くなるし。汚い場所だからとか気を使わなくていいんです、その人を流すんじゃなくて、その人のいらない念だけを流すんだから、と。

それで誰の気持ちかわからないけれどとにかく流れてくれ！　と流したらほんとうにぱっと目の前が明るくなった。

井上さんだったとしたら、流してやっぱりごめん！　笑。

それできよみんと超現実的なビットコインの話をしていたら、自分が半透明の箱みたいなところから現実の今の自分の中にかちっと戻ったのを感じた。

それは彼が亡くなってちょうど三週間目の夕方だった。

その頃もまだ私は彼が亡くなったことを知らなかったのだが、ほんとうにふっと、軽くなった。

三七日だから、三回目の閻魔様の裁きが超軽かったのかな　笑。

きっとああいうとき、人は天に上がるのだろうと思う。

そんなのみんな偶然だと言われても、科学的に説明されても、体感ばかりはどうしようもない。

その日々、私の目からはわけもわからず涙が流れ、肩も頭も重く、お正月だというのに心は必死で「今」というものにしがみついていた。

私は人の何かを背負う気は全くないけれど、友情の証、そして感謝の気持ちで、その時期私がいっしょに悲しんだことで、少しでも彼が軽くなっていたらいいなと思う。

井上さんさようなら

アロエの花

注　釈

＊1　O-リングテスト（P12）　個々人に最適な抗がん剤や健康食品の種類を調べる新たな診断法　http://www.bdort.net/fr/ortreport.htm

＊2　博多っ子純情（P15）　福岡市出身のバンド「チューリップ」により1977年に発表された楽曲　作詞安部俊幸氏、作曲姫野達也氏

＊3　こいいじ（P38）　究極の片思いを描いた漫画　1巻〜10巻（講談社刊）　著者は志村貴子氏

＊4　吉田類（P61）　酒場ライター、タレント　テレビ番組「吉田類の酒場放浪紀」で日本全国の居酒屋を紹介している

＊5　オー・ペシェ・グルマン（P64）　フレンチ　住所　東京都渋谷区幡ヶ谷2-24-2　1F　電話番号　03-6276-6332

＊6　食べずに終われんばい！（P65）　博多華丸責任編集の福岡グルメガイド　2012年　ヨシモトブックス刊

＊7　この対談（P73）「ヨコオライフ」　糸井重里さんとの対談　https://www.1101.com/yokoolife/2017-09-04.html

＊8　甘いものを食べたら病気が治っちゃった話（P81）『横尾忠則の超・病気克服術　病の神様』　2009年　文春文庫

＊9　日記（P81）　横尾忠則氏による『千夜一夜日記』　2016年　日本経済新聞社刊

＊10　光の犬（P85）　松家仁之氏による長編小説　芸術選奨文部科学大臣賞、河合隼雄物語賞を受賞　2017年　新潮社

刊

＊11　こえ占い千恵子（P85）　http://koeurnaichieko.jp

＊12　ブラジルワインの会社（P１２２）　株式会社ＤＲＩＮＫ　ＯＦ　ＢＲＡＳＩＬ　サルトンワイン日本総輸入販売元　電話番号　０３-６２７６-３３１５　https://dobrasil.co.jp

＊13　兄貴（P１２２）　バリ在住の大富豪・丸尾孝俊氏　http://www.maruotakatoshi.jp　アニキリゾートライフオンラインサロン　https://lounge.dmm.com/detail/676/

＊14　スペインの宇宙食（P１２５）　菊地成孔氏によるエッセイ集　２００９年　小学館文庫

＊15　ゆりちゃん（P１３９）　http://yurinomono.no.coocan.jp

＊16　たじま（P１５８）　蕎麦屋　住所　東京都港区西麻布3-8-6　電話番号　０３-３４４５-６６１７

＊17　巴屋さん（P１５８）　蕎麦屋　住所　東京都文京区千駄木5-2-21　電話番号　０３-３８２１-２５１９

＊18　イタリアンレストラン（P１６１）　アッピアアルタ西麻布　住所　東京都港区西麻布4-22-7　西麻布グランディアビルＢ１電話番号　０３-５７７４-０９６０

＊19　そういうお店（P１６２）　イルブリオ　イタリアン　住所　東京都港区六本木6-10-1　六本木ヒルズウエストウォーク５Ｆ　電話番号　０３-５４１４-１０３３

＊20　そこの中華（P１６３）梨杏　中華料理　住所　愛知県名古屋市中村区名駅1-1-4　名古屋マリオットアソシアホテル内　電話番号　０５２-５８４-１１０３

＊21　丸山純奈ちゃん（P167）　テレビ朝日で放送されていた歌番組「音楽チャンプ」からデビューした徳島県出身のシンガー

＊22　Sticky Music（P171）　サンディー&ザ・サンセッツにより1984年に発表された楽曲　作・編曲は細野晴臣氏

＊23　HULA DUB（P171）　サンディー氏により2018年に発表されたアルバム　http://huladub.com/profile/

＊24　スーパーミルクチャン（P183）　1998年にフジテレビ系深夜番組で放送されたアニメ番組　キャラクターグッズも多く発売されている　https://supermilkchan.com

＊25　竹花いち子（P197）　さすらいの料理人　http://takehanaichiko.com

＊26　キッチンボルベール（P197）　facebook内「キッチンボルベール」のページ

＊27　浅見帆帆子（P228）　作家・エッセイスト　http://www.hohoko-style.com

＊28　桜井会長（P229）　雀士・桜井章一氏　http://www.jankiryu.com

＊29　甲野先生（P229）　武術の研究者・甲野善紀氏　https://www.shouseikan.com

＊30　トンネル（P248）「トンネル　闇に鎖された男」　トンネルに閉じ込められた男の脱出劇を描く韓国映画　2017年公開

＊31　スノーデンくん（P249）　エドワード・スノーデン、元CIA職員　2013年米国政府のスパイ行為を告発した

＊32　死ぬ気まんまん（P258）　癌が転移し余命を宣告された作家・佐野洋子氏による名エッセー　2013年　光文社文庫

＊33　井上ニコルさん（P262）著者の友人で、クラシックの天才マネージャー「井上ニコル追悼特集号」としてnoteで無料公開中

＊34　千（P262）ビストロ　住所　東京都渋谷区道玄坂2-23-11　電話番号　03-6416-1334

吉本ばなな「どくだみちゃんとふしばな」購読方法

①noteの会員登録を行う（https://note.com/signup）

②登録したメールアドレス宛に送付される、確認URLにアクセスする

『登録のご案内（メールアドレスの確認）』という件名で、
ご登録いただいたメールアドレスにメールが送られます。

③吉本ばななのnoteを開く

こちらの画像をスマートフォンのQRコードリーダーで読み取るか
「どくだみちゃんとふしばな　note」で検索してご覧ください。

④メニューの「マガジン」から、「どくだみちゃんとふしばな」を選択

⑤「購読申し込み」ボタンを押す

⑥お支払い方法を選択して、購読を開始する

⑦手続き完了となり、記事の閲覧が可能になります

本書は「ｎｏｔｅ」二〇一七年九月二十四日から二〇一八年四月一日までの連載をまとめた文庫オリジナルです。

嵐の前の静けさ

どくだみちゃんとふしばな4

吉本ばなな

令和2年5月20日　初版発行

発行人——石原正康
編集人——高部真人
発行所——株式会社幻冬舎
〒151-0051東京都渋谷区千駄ヶ谷4-9-7
電話　03(5411)6222(営業)
　　　03(5411)6211(編集)
　　振替00120-8-767643
印刷・製本—中央精版印刷株式会社
装丁者——高橋雅之

幻冬舎文庫

ISBN978-4-344-42983-3　C0195　よ-2-33

幻冬舎ホームページアドレス　https://www.gentosha.co.jp/
この本に関するご意見・ご感想をメールでお寄せいただく場合は、comment@gentosha.co.jpまで。